诗词格律概要
诗词格律十讲

（校订重排第3版）

王 力 著

北京联合出版公司

增订版前言

王力先生是一代宗师,他的学问博大精深,在中国语言学的许多领域都有卓越的建树。诗词格律是他涉及的领域之一,他的《汉语诗律学》、《诗词格律》、《诗词格律概要》、《诗词格律十讲》等都有十分深远的影响。

这几部讲诗词格律的书各有特色。《汉语诗律学》对汉语的各种诗体(包括近体诗、古体诗、词、曲、白话诗和欧化诗)的格律做了全面深入的研究。这部著作的主体是古代诗词的格律。在这方面,除了总结前人的研究成果之外,还有许多作者的创见,如对"一三五不论,二四六分明"这个流传很广的口诀的纠正,对唐诗中犯"孤平"的诗句的统计等。尤其对近体诗句式和语法的分析,是前人没有做过的,这个领域的研究,是王力先生开创的。《汉语诗律学》是一部"体大而虑周"的学术专著,就其深度和广度而言,到目前为止,在关于诗词格律的著作中,还没有一部能超过它。

要对汉语的诗律学做深入研究,当然必须认真读《汉语诗律学》这部专著。如果是为了鉴赏古典诗词,或者为了诗词的写作,希望了解一些诗词格律的基本知识,那么,就可以阅读王力先生的另外三本书:《诗词格律》、《诗词格律概要》和《诗词格律十讲》。这三本书都是大学者为普及而写的小册子,是王力先生在他对诗词格律研究基础上提炼而成的精品。大家都知道,"龙虫并雕"是王力先生一贯的主张。"雕龙"

和"雕虫"对象不同，目的不同，但作者的严肃性和作品的科学性则并无不同。这一点，在这三本普及性读物上同样地体现出来。阅读这三种读物中的任何一种，都能得到诗词格律的最准确、最基本的知识。

在这三本书中，《诗词格律》比较详细，在讲平仄对仗之外还讲了诗词的节奏和语法特点。《诗词格律十讲》最为简单，《诗词格律概要》则是《诗词格律十讲》的扩充，这两本书都没有讲诗词的节奏和语法特点，但诗词格律的最基本的内容都已讲到了。

《诗词格律概要》虽然比《诗词格律》简单，而且基本内容也相同，但还是有它的特色。有些地方比《诗词格律》还要详细，例如，在讲平仄的时候，举出了常用的古代入声字，以便于没有入声的方言区的读者掌握平仄。有的地方和《诗词格律》有所不同，例如，把拗救分为两种情况：大拗必救，小拗可救可不救，这也是为了使读者能更好地掌握诗律。还有一点不同的，《诗词格律》用了不少毛泽东的诗词来分析诗词格律，而《诗词格律概要》用作分析的依据的全部是古典诗词。毛泽东的诗词有很高的艺术性，也合乎格律，而且读者比较熟悉，用来举例是可以的，也有利于诗词格律的普及。但从根本上说，诗词格律是从古代一些大家的诗词创作中概括出来的，用古代作家的诗词来讲诗词格律，应该说更为合适。

本次增订版邀请相关专家对全书文字进行了全面校订，改正以往版本中的刊印错误，并修订了多处内容错误；还增补了"附录"部分。"概要"部分全面讲述诗词格律基础知识，"诗律余论"则重点讨论诗词中的平仄、押韵和对仗的三个问题，"唐诗三首讲解"和"宋词三首讲解"选例具体分析，提供了诗词鉴赏的范例；三个方面结合为一个整体，水乳交融,更便于读者的理解和把握,也体现了组织编选者的用心。

《诗词格律概要》一版再版,足见读者对它的喜爱。而我也乐意向大家推荐王力先生的这本书,想要学习诗词格律的读者,一定能从中获益。

蒋绍愚
2006年11月

目 录

增订版前言 ………………………………… 蒋绍愚 1

诗词格律概要 卷上 诗

第一章 诗的种类和字数 …………………………… 3
第二章 诗 韵 …………………………………………… 8
  2.1 平水韵 8
  2.2 今体诗的用韵 10
  2.3 古体诗的用韵 11
  2.4 一韵到底和换韵 15
  2.5 首句用邻韵、出韵 16
  2.6 柏梁体 19
第三章 诗的平仄 ……………………………………… 20
  3.1 四声和平仄 20
  3.2 今体诗的平仄 24
  3.3 平仄的变格 37
  3.4 对和黏 47
  3.5 拗句和拗体 51
  3.6 拗 救 53
  3.7 古体诗的平仄 60
  3.8 入律的古风 65

  3.9　古　绝　67

第四章　对　仗……………………………………………69
  4.1　今体诗的对仗　69
  4.2　古体诗的对仗　78

诗词格律概要　卷下　词

第一章　词牌和词谱………………………………………85
第二章　词　韵……………………………………………135
  2.1　词韵是诗韵的合并　135
  2.2　上去通押　136
  2.3　换　韵　137

第三章　词的平仄…………………………………………140
  3.1　律　句　140
  3.2　拗　句　149

第四章　词的对仗…………………………………………152

诗词格律十讲

第一讲　诗韵和平仄………………………………………163
第二讲　五言绝句…………………………………………166
第三讲　七言绝句…………………………………………169
第四讲　五言律诗和长律…………………………………173
第五讲　七言律诗…………………………………………177
第六讲　平仄的变格………………………………………181
第七讲　对　仗……………………………………………186
第八讲　古　风……………………………………………190
第九讲　词牌和词谱………………………………………194

第十讲　词韵和平仄……………………………… 201
答读者问………………………………………… 206

诗律余论

一、关于平仄的问题…………………………… 214
二、关于押韵的问题…………………………… 221
三、关于对仗的问题…………………………… 225

附　录

唐诗三首讲解…………………………………… 231
宋词三首讲解…………………………………… 243

出版后记………………………………………… 261

诗词格律概要

卷上 诗

第一章 诗的种类和字数

第二章 诗　韵
2.1　平水韵
2.2　今体诗的用韵
2.3　古体诗的用韵
2.4　一韵到底和换韵
2.5　首句用邻韵、出韵
2.6　柏梁体

第三章 诗的平仄
3.1　四声和平仄
3.2　今体诗的平仄
3.3　平仄的变格
3.4　对和黏
3.5　拗句和拗体
3.6　拗救
3.7　古体诗的平仄
3.8　入律的古风
3.9　古　绝

第四章 对　仗
4.1　今体诗的对仗
4.2　古体诗的对仗

第一章 诗的种类和字数

唐代以后，诗分为两大类：（一）古体诗；（二）今体诗。古体诗是继承汉魏六朝的诗体；今体诗是唐代新兴的诗体。今体诗在字数、韵脚、声调、对仗各方面都有许多讲究，与古体诗截然不同。我们讲格律，主要是讲今体诗的格律。

古体诗分为两类：（一）五言古诗，简称五古；（二）七言古诗，简称七古。

五言古诗每句五个字，全诗字数不拘多少。例如：

渭川田家　　王　维

斜光照墟落，穷巷牛羊归。
野老念牧童，倚杖候荆扉。
雉雊麦苗秀，蚕眠桑叶稀。
田夫荷锄至，相见语依依。
即此羡闲逸，怅然吟式微。

月下独酌　　李　白

花间一壶酒，独酌无相亲。
举杯邀明月，对影成三人。
月既不解饮，影徒随我身。

暂伴月将影,行乐须及春。
我歌月徘徊,我舞影零乱。
醒时同交欢,醉后各分散。
永结无情游,相期邈云汉。

七言古诗每句七个字,全诗字数不拘多少。例如:

白雪歌　　岑　参

北风卷地白草折,胡天八月即飞雪。
忽如一夜春风来,千树万树梨花开。
散入珠帘湿罗幕,狐裘不暖锦衾薄。
将军角弓不得控,都护铁衣冷难着。
瀚海阑干百丈冰,愁云惨淡万里凝。
中军置酒饮归客,胡琴琵琶与羌笛。
纷纷暮雪下辕门,风掣红旗冻不翻。
轮台东门送君去,去时雪满天山路。
山回路转不见君,雪上空留马行处。

此外还有一种杂言诗,诗中掺杂着五字句和七字句,甚至有三字句、四字句、六字句、八字句、九字句。但是,一般都把杂言诗归入七言古诗一类。例如:

梦游天姥吟留别　　李　白

海客谈瀛洲,烟涛微茫信难求。
越人语天姥,云霞明灭或可睹。
天姥连天向天横,势拔五岳掩赤城。
天台一万八千丈,对此欲倒东南倾。
我欲因之梦吴越,一夜飞度镜湖月。

湖月照我影，送我至剡溪。
谢公宿处今尚在，绿水荡漾清猿啼。
脚著谢公屐，身登青云梯。
半壁见海日，空中闻天鸡。
千岩万转路不定，迷花倚石忽已暝。
熊咆龙吟殷岩泉，栗深林兮惊层巅。
云青青兮欲雨，水澹澹兮生烟。
列缺霹雳，丘峦崩摧。
洞天石扉，訇然中开。
青冥浩荡不见底，日月照耀金银台。
霓为衣兮风为马，云之君兮纷纷而来下。
虎鼓瑟兮鸾回车，仙之人兮列如麻。
忽魂悸以魄动，恍惊起而长嗟。
惟觉时之枕席，失向来之烟霞。
世间行乐亦如此，古来万事东流水。
别君去兮何时还？
且放白鹿青崖间，须行即骑访名山。
安能摧眉折腰事权贵，使我不得开心颜！

今体诗分为两类：一、律诗；二、绝句。

律诗又分两类：(一)五言律诗，简称五律；(二)七言律诗，简称七律。

五言律诗每句五个字，共八句，全诗四十个字。例如：

春望　　杜甫

国破山河在，城春草木深。
感时花溅泪，恨别鸟惊心。
烽火连三月，家书抵万金。

白头搔更短,浑欲不胜簪。

（"胜"读shēng,"簪"读zēn）

有一种五言长律（又叫五言排律），每句五个字，全诗共十二句，或更多。例如：

守睢阳诗　　张　巡

接战春来苦，孤城日渐危。
合围侔月晕，分守若鱼丽。
屡厌黄尘起，时将白羽麾。
裹疮犹出阵，饮血更登陴。
忠信应难敌，坚贞谅不移。
无人报天子，心计欲何施？

（"丽"读 lí）

七言律诗每句七个字，共八句，五十六个字。例如：

登　高　　杜　甫

风急天高猿啸哀，渚清沙白鸟飞回。
无边落木萧萧下，不尽长江滚滚来。
万里悲秋常作客，百年多病独登台。
艰难苦恨繁霜鬓，潦倒新停浊酒杯。

绝句又分为两类：（一）五言绝句，简称五绝；（二）七言绝句，简称七绝。

五言绝句每句五个字，全诗四句，共二十个字。例如：

逢雪宿芙蓉山主人　　　刘长卿

日暮苍山远,天寒白屋贫。
柴门闻犬吠,风雪夜归人。

七言绝句每句七个字,全诗四句,共二十八个字。例如:

嫦　娥　　李商隐

云母屏风烛影深,长河渐落晓星沉。
嫦娥应悔偷灵药,碧海青天夜夜心。

第二章 诗 韵

2.1 平水韵

现存最早的一部诗韵,是《广韵》。《广韵》的前身是《唐韵》,《唐韵》的前身是《切韵》。《广韵》共有206韵,《唐韵》、《切韵》应该也是206韵①。韵分得太细,写诗很受拘束。唐初许敬宗等奏议,把206韵中邻近的韵合并来用。宋淳祐年间,江北平水人刘渊著《壬子新刊礼部韵略》,合并206韵为107韵。清代改称"平水韵"为"佩文诗韵",又合并为106韵。因为平水韵是根据唐初许敬宗奏议合并的韵,所以,唐人用韵,实际上用的是平水韵。

平水韵106韵如下:

上平声②

一东	二冬	三江	四支	五微	六鱼
七虞	八齐	九佳	十灰	十一真	十二文
十三元	十四寒	十五删			

---

① 今人考证,《切韵》原来只有193韵。
② 平声字多,分为两卷。"上平声"是平声上卷的意思,"下平声"是平声下卷的意思。

下平声

一先	二萧	三肴	四豪	五歌	六麻
七阳	八庚	九青	十蒸	十一尤	十二侵
十三覃	十四盐	十五咸

上 声

一董	二肿	三讲	四纸	五尾	六语
七麌	八荠	九蟹	十贿	十一轸	十二吻
十三阮	十四旱	十五潸	十六铣	十七篠	十八巧
十九皓	二十哿	廿一马	廿二养	廿三梗	廿四迥
廿五有	廿六寝	廿七感	廿八俭	廿九豏

去 声

一送	二宋	三绛	四寘	五未	六御
七遇	八霁	九泰	十卦	十一队	十二震
十三问	十四愿	十五翰	十六谏	十七霰	十八啸
十九效	二十号	廿一箇	廿二祃	廿三漾	廿四敬
廿五径	廿六宥	廿七沁	廿八勘	廿九艳	三十陷

入 声

一屋	二沃	三觉	四质	五物	六月
七曷	八黠	九屑	十药	十一陌	十二锡
十三职	十四缉	十五合	十六叶	十七洽

2.2 今体诗的用韵

今体诗（律诗、绝句）用韵，都依照平水韵，而且限用平声韵。例如：

月夜忆舍弟　　杜　甫

戍鼓断人行，边秋一雁声①。
露从今夜白，月是故乡明。
有弟皆分散，无家问死生。
寄书长不达，况乃未休兵！

（八庚）

湘灵鼓瑟　　钱　起

善鼓云和瑟，常闻帝子灵。
冯夷空自舞，楚客不堪听。
苦调凄金石，清音入杳冥。
苍梧来怨慕，白芷动芳馨。
流水传湘浦，悲风过洞庭。
曲终人不见，江上数峰青。

（九青）

从军行　　王昌龄

秦时明月汉时关，万里长征人未还。
但使龙城飞将在，不教胡马度阴山。

（十五删。"教"读 jiāo）

---

① △号表示韵脚。下同。

塞下曲　李　白

五月天山雪,无花只有寒。
笛中闻折柳,春色未曾看。
晓战随金鼓,宵眠抱玉鞍。
愿将腰下剑,直为斩楼兰。

（十四寒。"看"读kān）

左迁至蓝关示侄孙湘　韩　愈

一封朝奏九重天,夕贬潮阳路八千。
欲为圣明除弊事,肯将衰朽惜残年?
云横秦岭家何在?雪拥蓝关马不前。
知汝远来应有意,好收吾骨瘴江边。

（一先）

辋川闲居　王　维

一从归白社,不复到青门。
时倚檐前树,远看原上村。
青菰临水拔,白鸟向山翻。
寂寞於陵子,桔槔方灌园。

（十三元。"看"读kān）

2.3　古体诗的用韵

古体诗用韵较宽,可以用平水韵,也可以用更宽的韵,即以邻韵合用。例如:

樵父词　　储光羲

山北饶朽木，山南多枯枝。（四支）
枯枝作采薪，爨室私自知。（四支）
诘朝砺斧寻，视暮行歌归。（五微）
先雪隐薜荔，迎暄卧茅茨。（四支）
清涧日濯足，乔木时曝衣。（五微）
终年登险阻，不复忧安危。（四支）
荡漾与神游，莫知是与非。（五微）

伤　宅　　白居易

谁家起甲第，朱门大道边？（一先）
丰屋中栉比，高墙外回环。（十五删）
累累六七堂，檐宇相连延。（一先）
一堂费百万，郁郁起青烟。（一先）
洞房温且清，寒暑不能干。（十四寒）
高堂虚且迥，坐卧见南山。（十五删）
绕廊紫藤架，夹砌红药栏。（十四寒）
攀枝摘樱桃，带花移牡丹。（十四寒）
主人此中坐，十载为大官。（十四寒）
厨有臭败肉，库有贯朽钱。（一先）
谁能将我语，问尔骨肉间。（十五删）
岂无穷贱者，忍不救饥寒？（十四寒）
如何奉一身，直欲保千年！（一先）
不见马家宅，今作奉诚园！（十三元）

古体诗用韵，可以用平声韵，也可以用上去声韵（上去声可以通押），也可以用入声韵。例如：

用平声韵的：

赠卫八处士　　杜　甫

人生不相见，动如参与商。
今夕复何夕？共此灯烛光。
少壮能几时？鬓发各已苍。
访旧半为鬼，惊呼热中肠。
焉知二十载，重上君子堂！
昔别君未婚，儿女已成行。
怡然敬父执，问我来何方。
问答未及已，儿女罗酒浆。
夜雨剪春韭，新炊间黄粱。
主称会面难，一举累十觞。
十觞亦不醉，感子故意长。
明日隔山岳，世事两茫茫！

（七阳）

用上声韵的：

夏日南亭怀辛大　　孟浩然

山光忽西落，池月渐东上。
散发乘夕凉，开轩卧闲敞。
荷风送香气，竹露滴清响。
欲取鸣琴弹，恨无知音赏。
感此怀故人，中宵劳梦想。

（廿二养）

用去声韵的：

羌　村　　杜　甫

峥嵘赤云西，日脚下平地。（四寘）
柴门鸟雀噪，归客千里至。（四寘）
妻孥怪我在，惊定还拭泪。（四寘）
世乱遭飘荡，生还偶然遂。（四寘）
邻人满墙头，感叹亦歔欷。（五未）
夜阑更秉烛，相对如梦寐。（四寘）

用入声韵的：

佳　人　　杜　甫

绝代有佳人，幽居在空谷。（一屋）
自云良家子，零落依草木。（一屋）
关中昔丧乱，兄弟遭杀戮。（一屋）
官高何足论？不得收骨肉。（一屋）
世情恶衰歇，万事随转烛。（二沃）
夫婿轻薄儿，新人美如玉。（二沃）
合昏尚知时，鸳鸯不独宿。（一屋）
但见新人笑，那闻旧人哭！（一屋）
在山泉水清，出山泉水浊。（三觉）
侍婢卖珠回，牵萝补茅屋。（一屋）
摘花不插发，采柏动盈掬。（一屋）
天寒翠袖薄，日暮倚修竹。（一屋）

2.4 一韵到底和换韵

今体诗都是一韵到底的。古体诗可以一韵到底，也可以换韵，乃至换几次韵。例如：

雁门太守行　　李贺

黑云压城城欲摧，
甲光向日金鳞开。（十灰）
角声满天秋色里，
塞上燕脂凝夜紫。
半卷红旗临易水，
霜重鼓寒声不起。（四纸）
报君黄金台上意①，（四寘）
提携玉龙为君死。（四纸）

兵车行　　杜甫

车辚辚，马萧萧，行人弓箭各在腰。
耶娘妻子走相送，尘埃不见咸阳桥。
牵衣顿足拦道哭，哭声直上干云霄。（二萧）
道旁过者问行人，行人但云点行频。（十一真）
或从十五北防河，便至四十西营田。
去时里正与裹头，归来头白还戍边。（一先）
边庭流血成海水，武皇开边意未已。
君不闻汉家山东二百州，千村万落生荆杞。（四纸）
纵有健妇把锄犁，禾生陇亩无东西。
况复秦兵耐苦战，被驱不异犬与鸡。（八齐）

---

① "意"字去声，也可以认为韵脚，上去通押。

长者虽有问，役夫敢申恨？（十三问、十四愿合韵）
且如今年冬，未休关西卒。
县官急索租，租税从何出？（四质、六月合韵）
信知生男恶，反是生女好。
生女犹得嫁比邻，生男埋没随百草。（十九皓）
君不见青海头，古来白骨无人收。
新鬼烦冤旧鬼哭，天阴雨湿声啾啾。（十一尤）

2.5　首句用邻韵、出韵

上面说过，今体诗要用平水韵。但是，诗的首句本来是可以不用韵的，如果用韵，就不一定要用本韵，而可以用邻韵。例如：

访戴天山道士不遇　　李　白

犬吠水声中，（一东）
桃花带露浓。（二冬）
树深时见鹿，
溪午不闻钟。（二冬）
野竹分青霭，
飞泉挂碧峰。（二冬）
无人知所去，
愁倚两三松。（二冬）

秋　野　　杜　甫

秋野日疏芜，（七虞）
寒江动碧虚。（六鱼）

系舟蛮井络,
卜宅楚村墟。(六鱼)
枣熟从人打,
葵荒欲自锄。(六鱼)
盘飧老夫食,
分减及溪鱼。(六鱼)

盛唐时期,首句用邻韵很少见。到了晚唐及宋代,首句用邻韵的情况非常多。现在举几个例子:

田　家　　欧阳修

绿桑高下映平川,(一先)
赛罢田神笑语喧。(十三元)
林外鸣鸠春雨歇,
屋头初日杏花繁。(十三元)

题西林壁　　苏　轼

横看成岭侧成峰,(二冬)
远近高低各不同。(一东)
不识庐山真面目,
只缘身在此山中。(一东)

山园小梅　　林　逋

众芳摇落独暄妍,(一先)
占尽风情向小园。(十三元)
疏影横斜水清浅,
暗香浮动月黄昏。(十三元)
霜禽欲下先偷眼,

粉蝶如知合断魂。(十三元)
幸有微吟可相狎,
不须檀板共金樽。(十三元)

今体诗如果不是在首句,而是在其他地方用邻韵,叫做"出韵"。在唐宋诗中,出韵的情况非常罕见。这里举两个例子:

少　年　　李商隐

外戚平羌第一功,(一东)
生年二十有重封。(二冬)
宜登宣室螭头上,
横过甘泉豹尾中。(一东)
别馆觉来云雨梦,
后门归去蕙兰丛。(一东)
灞陵夜猎随田窦,
不识寒郊自转蓬。(一东)

茂　陵　　李商隐

汉家天马出蒲梢,(三肴)
苜蓿榴花遍近郊。(三肴)
内苑只知含凤觜,
属车无复插鸡翘。(二萧)
玉桃偷得怜方朔,
金屋修成贮阿娇。(二萧)
谁料苏卿老归国,
茂陵松柏雨萧萧。(二萧)

2.6 柏梁体

七言古诗有句句用韵的,叫做柏梁体。汉武帝作柏梁台,和群臣共赋七言诗(联句),句句用韵(平声韵)。后人把句句用韵的七言诗称为柏梁体。例如:

饮中八仙歌 杜 甫

知章骑马似乘船,
眼花落井水底眠。
汝阳三斗始朝天,
道逢麹车口流涎,
恨不移封向酒泉!
左相日兴费万钱,
饮如长鲸吸百川。
衔杯乐圣称避贤。
宗之潇洒美少年,
举觞白眼望青天,
皎如玉树临风前。
苏晋长斋绣佛前,
醉中往往爱逃禅。
李白一斗诗百篇,
长安市上酒家眠,
天子呼来不上船,
自称臣是酒中仙。
张旭三杯草圣传,
脱帽露顶王公前,
挥毫落纸如云烟。
焦遂五斗方卓然,
高谈雄辩惊四筵。

第三章 诗的平仄

3.1 四声和平仄

古代汉语有四个声调:(一)平声;(二)上声;(三)去声;(四)入声。现代汉语有许多方言(吴语、粤语、闽语、湘语、客家话等)都还保存着这个四声①。但是,北方许多方言(包括北京话)和西南方言里,入声已经消失,平声分为阴阳,成为新四声,即(一)阴平;(二)阳平;(三)上声;(四)去声。

唐宋以后的诗词是讲究声调的。在用韵时,平声不和上去入声押韵,上去声也不和入声押韵。律诗、绝句还要讲究平仄。所谓"平",指的是平声(包括今之阴平、阳平);所谓"仄",指的是上去入三声。"仄"就是不平的意思。在诗词的写作上,让这两类声调互相交错,就能使声调多样化,而不至于单调。这样就造成诗词的节奏美。平仄的规则非常重要。可以说,没有平仄就没有诗词格律。

现在北方人和西南地区的人讲究平仄遇到很大的困难,就因为不能辨别入声字。在普通话里,入声字转入了阴平、阳平、上声、去声。在西南话里,入声字一律转入了阳平。

---

① 有些地方,四声各分阴阳,即阴平、阳平;阴上、阳上;阴去、阳去;阴入、阳入。

要解决这个问题,只有记住一些常用的入声字。下面列举一些常用的入声字,以供参考。

一、屋

屋木竹目服福禄谷熟穀肉族速鹿腹菊陆轴逐牧伏宿读犊
穀复粥肃育六缩哭幅斛戮仆畜蓄叔淑独卜沐祝麓筑穆覆秃郁
夙孰朴蠹①

二、沃

沃俗玉足曲粟烛属录绿辱狱毒局欲束鹄②蜀促触续督赎
笃浴酷褥旭

三、觉

觉角③岳乐捉朔卓琢剥驳雹确浊擢握学镯

四、质

质日笔出室实疾术一乙壹吉秩密率律逸栗七虱悉戌必侄
聿茁漆膝

---

① *号表示今普通话读阴平,×号表示今普通话读阳平,懂普通话的人只要记住这些就行了,其他转入上去声的字用不着记,因为上去声和入声同属仄声。

② "鹄"读阳平(hú),指天鹅;又读上声(gǔ),指箭靶子。

③ "角"读阳平(jué),指竞争,演员;又读上声(jiǎo),指犄角。

五、物

物佛拂弗屈郁乞讫勿熨

六、月

月骨①髪发阙越谒没伐罚卒竭忽窟钺歇突袜勃筏掘核曰蝎

七、曷

曷达末阔活钵脱夺褐割沫葛渴拨豁括遏掇喝撮咄

八、黠

黠辖札拔猾滑八察杀刹②刷

九、屑

屑节雪绝列烈结穴说血洁别缺裂热决铁灭折拙切悦辙诀泄咽杰彻哲鳖设啮劣掣截窃蔑跌辍揭桀薛噎碣

十、药

药薄恶略作乐落阁鹤爵雀弱约脚③幕洛壑索郭错跃若缚

---

① "骨"读阳平（gú）, 指骨头；又读上声（gǔ）, 指骨气, 品质（傲骨, 媚骨）。
② "刹"读去声（chà）, 指佛寺。
③ "脚"有两读, 一读阳平（jué）, 指演员, 同"角"；又读上声（jiǎo）, 指脚丫。

酌托削铎灼凿① 却鹊诺漠钥着虐掠泊获莫铄锷鄂勺谑廓霍烁
镬嚼拓各桌搏礴昨

十一、陌

陌石客白泽伯迹② 宅席策碧籍格役帛戟璧驿麦额柏魄积
脉夕液册尺隙逆划百辟赤易革脊获适隔益掷③ 责惜僻辟腋掖
释择摘斥奕迫疫赫炙藉译骼翩瘠昔硕隻

十二、锡

锡壁历枥击绩笛敌滴镝檄激寂翟析溺觅狄荻霓砾剔踢
的涤戚

十三、职

职国德食蚀色力翼墨极息直得北黑侧饰贼刻则塞式轼域
殖植值敕饬棘惑默织匿亿忆臆特勒仄稷识肋即逼克蜮拭弋陟
测抑恻亟忒穑或

十四、缉

缉④ 辑立集邑急入泣湿习给十拾什袭及级涩粒揖汁蛰笠
执汲挹茸吸楫

---

① "凿"旧有两读，一读阳平（záo），指穿孔；又读去声（zuò），指穿凿（文言）。

② "迹"旧读阴平（jī）。

③ "掷"旧有三读，一读阴平（zhī），指撒下（色子）；一读阳平（zhí），指踯躅；又读去声（zhì），指扔，投。

④ "缉"读jī（阴平），指缉拿；又读qī（阴平），指一种缝纫方法。

十五、合

合塔答杂腊纳榻蜡匝阖沓槛踏鸽飒盍拉

十六、叶

叶帖贴接牒蝶猎妾叠箧涉捷颊摄协谍挟馅燮辄

十七、洽

洽狭峡法甲业匣压鸭乏怯劫胁插押狎恰柙夹浃侠

3.2 今体诗的平仄

今体诗（律诗、绝句）的平仄，指的是句子的平仄格式。五言律诗共有四个句型，即：

一、⊙仄平平仄
二、平平仄仄平
三、⊙平平仄仄
四、⊙仄仄平平

（字外加圈表示可平可仄。下同。）

四个句型错综变化，成为五言律诗的四种平仄格式，如下：

一、首句仄起仄收式

⊙仄平平仄，平平仄仄平。
⊙平平仄仄，⊙仄仄平平。

℀仄平平仄，平平仄仄平。
℀平平平仄仄，仄仄仄平平。

春夜喜雨　　杜　甫

好雨知时节，当春乃发生。
随风潜入夜，润物细无声。
野径云俱黑，江船火独明。
晓看红湿处，花重锦官城①。

（"俱"读 jū，"看"读 kān）

旅夜书怀　　杜　甫

细草微风岸，危樯独夜舟。
星垂平野阔，月涌大江流。
名岂文章著？官应老病休。
飘飘何所似，天地一沙鸥。

秦州杂诗　　杜　甫

南使宜天马，由来万匹强。
浮云连阵没，秋草遍山长。
闻说真龙种，仍残老骕骦。
哀鸣思战斗，迥立向苍苍。

这种平仄格式最为常见。

---

① 字的下面加着重号（"·"），表示入声。下仿此。

二、首句仄起平收式

仄仄仄平平，平平仄仄平。
平平平仄仄，仄仄仄平平。
仄仄平平仄，平平仄仄平。
平平平仄仄，仄仄仄平平。

终南山　　王　维

太乙近天都，连山到海隅。
白云回望合，青霭入看无。
分野中峰变，阴晴众壑殊。
欲投人处宿，隔水问樵夫。

三、首句平起仄收式

平平平仄仄，仄仄仄平平。
仄仄平平仄，平平仄仄平。
平平平仄仄，仄仄仄平平。
仄仄平平仄，平平仄仄平。

山居秋暝　　王　维

空山新雨后，天气晚来秋。
明月松间照，清泉石上流。
竹喧归浣女，莲动下渔舟。
随意春芳歇，王孙自可留。

四、首句平起平收式

平平仄仄平，⊘仄仄平平。
⊘仄平平仄，平平仄仄平。
⊘平平仄仄，⊘仄仄平平。
⊘仄平平仄，平平仄仄平。

晚　晴　　李商隐

深居俯夹城，春去夏犹清。
天意怜幽草，人间重晚晴。
并添高阁迥，微注小窗明。
越鸟巢干后，归飞体更轻。

五言绝句是五言律诗的一半，所以也有四种平仄格式，如下：

一、首句仄起仄收式

⊘仄平平仄，平平仄仄平。
⊘平平仄仄，⊘仄仄平平。

相　思　　王　维

红豆生南国，春来发几枝？
愿君多采撷，此物最相思。

登鹳雀楼　　王之涣

白日依山尽，黄河入海流。
欲穷千里目，更上一层楼。

问刘十九　　白居易

绿蚁新醅酒，红泥小火炉。
晚来天欲雪，能饮一杯无？

这种平仄格式最为常见。

二、首句仄起平收式

⑳仄仄平平，平平仄仄平。
⑰平平仄仄，⑳仄仄平平。

哥舒歌　　西鄙人

北斗七星高，哥舒夜带刀。
至今窥牧马，不敢过临洮。

三、首句平起仄收式

⑰平平仄仄，⑳仄仄平平。
⑳仄平平仄，平平仄仄平。

听　筝　　李　端

鸣筝金粟柱，素手玉房前。
欲得周郎顾，时时误拂弦。

四、首句平起平收式

平平仄仄平，⑳仄仄平平。
⑳仄平平仄，平平仄仄平。

闺人赠远　　王　涯

花明绮陌春，柳拂御沟新。
为报辽阳客，流光不待人。

这种平仄格式罕见。
　　七言律诗也有四个句型，即：
一、㊤平㊦仄平平仄
二、㊦仄平平仄仄平
三、㊦仄㊤平平仄仄
四、㊤平㊦仄仄平平
　　四个句型错综变化，成为七言律诗的四种平仄格式，如下：

一、首句平起平收式

㊤平㊦仄仄平平，㊦仄平平仄仄平。
㊦仄㊤平平仄仄，㊤平㊦仄仄平平。
㊤平㊦仄平平仄，㊦仄平平仄仄平。
㊦仄㊤平平仄仄，㊤平㊦仄仄平平。

望蓟门　　祖　咏

燕台一去客心惊，笳鼓喧喧汉将营。
万里寒光生积雪，三边曙色动危旌。
沙场烽火连胡月，海畔云山拥蓟城。
少小虽非投笔吏，论功还欲请长缨。

长沙过贾谊宅　　刘长卿

三年谪宦此栖迟，万古唯留楚客悲。
秋草独寻人去后，寒林空见日斜时。

汉文有道恩犹薄,湘水无情吊岂知?
寂寂江山摇落处,怜君何事到天涯?

("涯"读yí)

隋 宫　　李商隐

紫泉宫殿锁烟霞,欲取芜城作帝家。
玉玺不缘归日角,锦帆应是到天涯。
于今腐草无萤火,终古垂杨有暮鸦。
地下若逢陈后主,岂宜重问后庭花?

("涯"读yá)

秋兴八首(其六、七、八)　　杜 甫

瞿唐峡口曲江头,万里风烟接素秋。
花萼夹城通御气,芙蓉小苑入边愁。
珠帘绣柱围黄鹄,锦缆牙樯起白鸥。
回首可怜歌舞地,秦中自古帝王州。

昆明池水汉时功,武帝旌旗在眼中。
织女机丝虚夜月,石鲸鳞甲动秋风。
波漂菰米沉云黑,露冷莲房坠粉红。
关塞极天惟鸟道,江湖满地一渔翁。

昆吾御宿自逶迤,紫阁峰阴入渼陂。
香稻啄馀鹦鹉粒,碧梧栖老凤凰枝。
佳人拾翠春相问,仙侣同舟晚更移。
采笔昔曾干气象,白头吟望苦低垂。

这种格式最为常见。

二、首句平起仄收式

㊉平㊉仄平平仄，㊉仄平平仄仄平。
㊉仄㊉平平仄仄，㊉平㊉仄仄平平。
㊉平㊉仄平平仄，㊉仄平平仄仄平。
㊉仄㊉平平仄仄，㊉平㊉仄仄平平。

客至　　杜甫

舍南舍北皆春水，但见群鸥日日来。
花径不曾缘客扫，蓬门今始为君开。
盘飧市远无兼味，樽酒家贫只旧醅。
肯与邻翁相对饮，隔篱呼取尽馀杯。

遣悲怀　　元稹

谢公最小偏怜女，自嫁黔娄百事乖。
顾我无衣搜荩箧，泥他沽酒拔金钗。
野蔬充膳甘长藿，落叶添薪仰古槐。
今日俸钱过十万，与君营奠复营斋。

（"过"读 guō）

酬乐天扬州初逢席上见赠　　刘禹锡

巴山楚水凄凉地，二十三年弃置身。
怀旧空吟闻笛赋，到乡翻似烂柯人。
沉舟侧畔千帆过，病树前头万木春。
今日听君歌一曲，暂凭杯酒长精神。

三、首句仄起平收式

仄仄平平仄仄平,平平仄仄仄平平。
平平仄仄平平仄,仄仄平平仄仄平。
仄仄平平平仄仄,平平仄仄仄平平。
平平仄仄平平仄,仄仄平平仄仄平。

秋兴八首（其四） 杜甫

闻道长安似弈棋,百年世事不胜悲。
王侯第宅皆新主,文武衣冠异昔时。
直北关山金鼓震,征西车马羽书驰。
鱼龙寂寞秋江冷,故国平居有所思。

（"胜"读shēng）

登柳州城楼寄漳汀封连四州 柳宗元

城上高楼接大荒,海天愁思正茫茫。
惊风乱飐芙蓉水,密雨斜侵薜荔墙。
岭树重遮千里目,江流曲似九回肠。
共来百越文身地,犹自音书滞一乡。

（"思"读sì）

自河南经乱,关内阻饥,兄弟离散,各在一方,因望月有感,聊书所怀
白居易

时难年荒世业空,弟兄羁旅各西东。
田园寥落干戈后,骨肉流离道路中。
吊影分为千里雁,辞根散作九秋蓬。
共看明月应垂泪,一夜乡心五处同。

（"难"读nàn,"看"读kān）

村居初夏　　陆　游

天遣为农老故乡，山园三亩镜湖旁。
嫩莎经雨如秧绿，小蝶穿花似茧黄。
斗酒只鸡人笑乐，十风五雨岁丰穰。
相逢但喜桑麻长，欲话穷通已两忘。

（"忘"读wáng）

这种格式也很常见。

四、首句仄起仄收式

仄仄平平平仄仄，平平仄仄仄平平。
平平仄仄平平仄，仄仄平平仄仄平。
仄仄平平平仄仄，平平仄仄仄平平。
平平仄仄平平仄，仄仄平平仄仄平。

闻官军收河南河北　　杜　甫

剑外忽传收蓟北，初闻涕泪满衣裳。
却看妻子愁何在？漫卷诗书喜欲狂。
白日放歌须纵酒，青春作伴好还乡。
即从巴峡穿巫峡，便下襄阳向洛阳。

（"裳"读cháng，"看"读kān）

再授连州至衡阳酬柳柳州赠别　　刘禹锡

去国十年同赴召，渡湘千里又分歧。
重临事异黄丞相，三黜名惭柳士师。
归目并随回雁尽，愁肠正遇断猿时。
桂江东过连山下，相望长吟有所思。

七言绝句是七言律诗的一半,所以也有四种平仄格式,如下:

一、首句平起平收式

⊕平⊙仄仄平平,⊙仄平平仄仄平。
⊙仄⊕平平仄仄,⊕平⊙仄仄平平。

凉州词　王　翰

葡萄美酒夜光杯,欲饮琵琶马上催。
醉卧沙场君莫笑,古来征战几人回?

早发白帝城　李　白

朝辞白帝彩云间,千里江陵一日还。
两岸猿声啼不住,轻舟已过万重山。

将赴吴兴登乐游原　杜　牧

清时有味是无能,闲爱孤云静爱僧。
欲把一麾江海去,乐游原上望昭陵。

泊秦淮　杜　牧

烟笼寒水月笼沙,夜泊秦淮近酒家。
商女不知亡国恨,隔江犹唱后庭花。

从军行　王昌龄

秦时明月汉时关,万里长征人未还。

但使龙城飞将在，不教胡马度阴山。
（"教"读jiāo）

这种格式最为常见。

二、首句平起仄收式

㊀平㊂仄平平仄，㊂仄平平仄仄平。
㊂仄㊀平平仄仄，㊀平㊂仄仄平平。

大林寺桃花　　白居易

人间四月芳菲尽，山寺桃花始盛开。
长恨春归无觅处，不知转入此中来。

忆江柳　　白居易

曾栽杨柳江南岸，一别江南两度春。
遥忆青青江岸上，不知攀折是何人。

三、首句仄起平收式

㊂仄平平仄仄平，㊀平㊂仄仄平平。
㊀平㊂仄平平仄，㊂仄平平仄仄平。

芙蓉楼送辛渐　　王昌龄

寒雨连江夜入吴，平明送客楚山孤。
洛阳亲友如相问，一片冰心在玉壶。

军城早秋　　严　武

昨夜秋风入汉关，朔云边月满西山。
更催飞将追骄虏，莫遣沙场匹马还。

赤　壁　　杜　牧

折戟沉沙铁未销，自将磨洗认前朝。
东风不与周郎便，铜雀春深锁二乔。

秋　夕　　杜　牧

银烛秋光冷画屏，轻罗小扇扑流萤。
天阶夜色凉如水，卧①看牵牛织女星。

江村即事　　司空曙

钓罢归来不系船，江村月落正堪眠。
纵然一夜风吹去，只在芦花浅水边。

山　行　　杜　牧

远上寒山石径斜，白云深处有人家。
停车坐爱枫林晚，霜叶红于二月花。

贾　生　　李商隐

宣室求贤访逐臣，贾生才调更无伦。
可怜夜半虚前席，不问苍生问鬼神。

---

① "卧"，一作"坐"。

夜雨寄北　　李商隐

君问归期未有期，巴山夜雨涨秋池。
何当共剪西窗烛，却话巴山夜雨时。

这种格式也很常见。

四、首句仄起仄收式

⊗仄⊕平平仄仄，⊕平⊗仄仄平平。
⊕平⊗仄平平仄，⊗仄平平仄仄平。

九月九日忆山东兄弟　　王　维

独在异乡为异客，每逢佳节倍思亲。
遥知兄弟登高处，遍插茱萸少一人。

赠刘景文　　苏　轼

荷尽已无擎雨盖，菊残犹有傲霜枝。
一年好景君须记，最是橙黄橘绿时。

3.3　平仄的变格

关于七言律诗、绝句的平仄，前人有个口诀，说的是："一三五不论，二四六分明。"

意思是说，在七字句中，第一、第三、第五字的平仄可以不拘，第二、第四、第六字的平仄必须分别清楚，该平的不能仄，该仄的不能平。由此类推，在五字句中，应该是"一三不论,二四分明"。这个口诀是不全面的,引起许多人的误解。在本节里,我们讨论"一三五不论"的问题。

上文说过,五律、五绝、七律、七绝都有四个句型,即:
一、平仄脚(五言:⊕仄平平仄,七言:⊕平⊕仄平平仄);
二、仄仄脚(五言:⊕平平仄仄,七言:⊕仄⊕平平仄仄);
三、平平脚(五言:⊕仄仄平平,七言:⊕平⊕仄仄平平);
四、仄平脚(五言:平平仄仄平,七言:⊕仄平平仄仄平)。

这四个句型有不同情况,四种句型第五字(五言第三字)的平仄以论为常格,不论为变格;第四种(仄平脚)句型第三字(五言第一字)必须用平声,否则叫做"犯孤平"①。

下面分别举例说明四种句型的平仄变格。

一、平仄脚句型,五言第三字、七言第五字,以平声为正格,仄声为变格。例如:

送友人　　李　白

青山横北郭,白水绕东城。
此地一为别,孤蓬万里征。
浮云游子意,落日故人情。
挥手自兹去,萧萧班马鸣②。

（"一"字、"自"字宜平而仄）

---

① "孤平"是个旧术语,指七字句"仄仄仄平仄仄平"。除韵脚外,只有一个平声字,所以叫做孤平。这个术语容易误解,以为别的句型也有孤平(如五言"仄仄平平平")。这里沿用旧术语,只是为了证明这种格律是传统的。科举时代,试帖诗犯孤平就算不及格。

② 字的下面加圆点("。"),表示拗或救。下仿此。

辋川闲居赠裴秀才迪　　王　维

寒山转苍翠，秋水日潺湲。
倚杖柴门外，临风听暮蝉。
渡头余落日，墟里上孤烟。
复值接舆醉，狂歌五柳前。
（"接"字宜平而仄）

这种变格相当少见。如果出现的话，往往在下句同一位置上用一个平声字作为补偿，见下文第六节"拗救"。

二、仄仄脚句型，五言第三字、七言第五字，以平声为正格，仄声为变格。例如：

次北固山下　　王　湾

客路青山外，行舟绿水前。
潮平两岸阔，风正一帆悬。
海日生残夜，江春入旧年。
乡书何处达？归雁洛阳边。
（"两"字宜平而仄）

破山寺后禅院　　常　建

清晨入古寺，初日照高林。
曲径通幽处，禅房花木深。
山光悦鸟性，潭影空人心。
万籁此俱寂，惟闻钟磬音。
（"人"字、"悦"字宜平而仄）

蜀先主庙　　刘禹锡

天地英雄气，千秋尚凛然。
势分三足鼎，业复五铢钱。
得相能开国，生儿不象贤。
凄凉蜀故妓，来舞魏宫前。

（"蜀"字宜平而仄）

八阵图　　杜　甫

功盖三分国，名成八阵图。
江流石不转，遗恨失吞吴。

（"石"字宜平而仄）

南　邻　　杜　甫

锦里先生乌角巾，园收芋栗未全贫。
惯看宾客儿童喜，得食阶除鸟雀驯。
秋水才深四五尺，野航恰受两三人。
白沙翠竹江村暮，相送柴门月色新。

（"看"读kān，"四"字宜平而仄）

咏怀古迹（其二）　　杜　甫

摇落深知宋玉悲，风流儒雅亦吾师。
怅望千秋一洒泪，萧条异代不同时。
江山故宅空文藻，云雨荒台岂梦思？
最是楚宫俱泯灭，舟人指点到今疑。

（"俱"读jū，"一"字宜平而仄）

这种变格相当常见，但是有一个条件，就是五言第一字必平，七言第三字必平。

三、平平脚句型，五言第三字、七言第五字，原则上要用仄声，用平声的是罕见的例外，例如：

终南望余雪① 祖 咏

终南阴岭秀，积雪浮云端。
林表明霁色，城中增暮寒。
（"浮"字宜仄而平）

锦 瑟 李商隐

锦瑟无端五十弦，一弦一柱思华年②。
庄生晓梦迷蝴蝶，望帝春心托杜鹃。
沧海月明珠有泪，蓝田日暖玉生烟。
此情可待成追忆？只是当时已惘然。
（"思"字宜仄而平）

四、仄平脚句型，五言第三字、七言第五字，以仄声为正格，平声为变格。例如：

谷口书斋寄杨补阙 钱 起

泉壑带茅茨，云霞生薜帷。
竹怜新雨后，山爱夕阳时。
闲鹭栖常早，秋花落更迟。
家童扫萝径，昨与故人期。
（"生"字宜仄而平）

---

① 这首诗也可以认为是"古绝"（见下文），那么就没有变格的问题。
② "思"字有平去两读，这里的"思"字也可以认为义从平声，字读去声，那么也就没有变格的问题。

登楼　杜甫

花近高楼伤客心，万方多难此登临。
锦江春色来天地，玉垒浮云变古今。
北极朝廷终不改，西山寇盗莫相侵。
可怜后主还祠庙，日暮聊为梁父吟。

　　　（"难"读nàn，"伤"字、"梁"字宜仄而平）

秋兴八首（其一、二）　杜甫

玉露凋伤枫树林，巫山巫峡气萧森。
江间波浪兼天涌，塞上风云接地阴。
丛菊两开他日泪，孤舟一系故园心。
寒衣处处催刀尺，白帝城高急暮砧。

　　　　　　　　　（"枫"字宜仄而平）

夔府孤城落日斜，每依北斗望京华。
听猿实下三声泪，奉使虚随八月槎。
画省香炉违伏枕，山楼粉堞隐悲笳。
请看石上藤萝月，已映洲前芦荻花。

　　　　　（"看"读kān，"芦"字宜仄而平）

在四个句型中，这种变格最为常见。

在上述四种平仄变格之外，还有一种特定的变格，那就是把仄仄脚句型，五言第三四两字平仄对调，七言第五六两字平仄对调，即五言成为平平仄平仄，七言成为仄仄平平仄平仄。例如：

见于第一句者：

天末怀李白　　杜　甫

凉风起天末，君子意如何？
鸿雁几时到，江湖秋水多。
文章憎命达，魑魅喜人过。
应共冤魂语，投诗赠汨罗。

别房太尉墓　　杜　甫

他乡复行役，驻马别孤坟。
近泪无干土，低空有断云。
对棋陪谢傅，把酒觅徐君。
唯见林花落，莺啼送客闻。

咏怀古迹　　杜　甫

蜀主征吴幸三峡，崩年亦在永安宫。
翠华想象空山里，玉殿虚无野寺中。
古庙杉松巢水鹤，岁时伏腊走村翁。
武侯祠屋长邻近，一体君臣祭祀同。

见于第一、第五句者：

过故人庄　　孟浩然

故人具鸡黍，邀我至田家。
绿树村边合，青山郭外斜。
开轩面场圃，把酒话桑麻。
待到重阳日，还来就菊花。

见于第三句者：

秋　兴（其五）　　杜　甫

蓬莱宫阙对南山，承露金茎霄汉间。
西望瑶池降王母，东来紫气满函关。
云移雉尾开宫扇，日绕龙鳞识圣颜。
一卧沧江惊岁晚，几回青琐点朝班。

（"降"读jiàng）

见于第三、第七句者：

夜泊牛渚怀古　　李　白

牛渚西江夜，青天无片云。
登舟望秋月，空忆谢将军。
余亦能高咏，斯人不可闻。
明朝挂帆去，枫叶落纷纷。

月　夜　　杜　甫

今夜鄜州月，闺中只独看。
遥怜小儿女，未解忆长安。
香雾云鬟湿，清辉玉臂寒。
何时倚虚幌，双照泪痕干？

（"看"读kān）

见于第五句者：

咏怀古迹（其五）　　杜　甫

诸葛大名垂宇宙，宗臣遗像肃清高。
三分割据纡筹策，万古云霄一羽毛。

伯仲之间见伊吕,指挥若定失萧曹。
运移汉祚终难复,志决身歼军务劳。

这种变格以出现于第七句为常(绝句出现于第三句),一直沿用到现代。例如:

观猎　王维

风劲角弓鸣,将军猎渭城。
草枯鹰眼疾,雪尽马蹄轻。
忽过新丰市,还归细柳营。
回看射雕处,千里暮云平。

("看"读 kān)

渡荆门送别　李白

渡远荆门外,来从楚国游。
山随平野尽,江入大荒流。
月下飞天镜,云生结海楼。
仍怜故乡水,万里送行舟。

汉江临眺　王维

楚塞三湘接,荆门九派通。
江流天地外,山色有无中。
郡邑浮前浦,波澜动远空。
襄阳好风日,留醉与山翁。

宿府　杜甫

清秋幕府井梧寒,独宿江城蜡炬残。
永夜角声悲自语,中天月色好谁看?

风尘荏苒音书绝,关塞萧条行路难。
已忍伶俜十年事,强移栖息一枝安。

("看"读kān)

咏怀古迹(其一)　　杜　甫

支离东北风尘际,漂泊西南天地间。
三峡楼台淹日月,五溪衣服共云山。
羯胡事主终无赖,词客哀时且未还。
庾信平生最萧瑟,暮年诗赋动江关。

咏怀古迹(其三)　　杜　甫

群山万壑赴荆门,生长明妃尚有村。
一去紫台连朔漠,独留青冢向黄昏。
画图省识春风面,环佩空归月夜魂。
千载琵琶作胡语,分明怨恨曲中论。

("论"读lún)

无　题　　李商隐

重帏深下莫愁堂,卧后清宵细细长。
神女生涯原是梦,小姑居处本无郎。
风波不信菱枝弱,月露谁教桂叶香?
直道相思了无益,未妨惆怅是清狂。

("教"读jiāo)

江南逢李龟年　　杜　甫

岐王宅里寻常见,崔九堂前几度闻。
正是江南好风景,落花时节又逢君。

寄令狐郎中　　李商隐

嵩云秦树久离居，双鲤迢迢一纸书。
休问梁园旧宾客，茂陵秋雨病相如。

金谷园　　杜　牧

繁华事散逐香尘，流水无情草自春。
日暮东风怨啼鸟，落花犹似坠楼人。

这种特定的变格和上述仄仄脚的变格一样，有一个条件，就是五言第一字、七言第三字必须用平声①。

3.4　对和黏

律诗八句，分为四联。第一联叫做首联，第二联叫做颔联，第三联叫做颈联，第四联叫做尾联。每联的上句叫做出句，下句叫做对句。上句和下句的平仄关系，叫做"对"；前联和后联的平仄关系，叫做"黏"（nián）。

下句的平仄和上句的平仄相反，即相对立，所以叫做"对"。后联出句的平仄和前联对句的平仄相同，所以叫做"黏"。由于出句末字是仄声，对句末字是平声，后联的平仄不可能与前联的平仄完全相同，所以只能以后联出句第二字的平仄与前联对句第二字的平仄相同作为黏的标准。当然，如果是七言，第四字也要黏。例如：

---

① 第一句有个别例外，如孟浩然《过故人庄》："故人具鸡黍，邀我至田家。"杜甫《登岳阳楼》："昔闻洞庭水，今上岳阳楼。"

旅夜书怀　　杜　甫

细草微风岸，　　危樯独夜舟。
⃝仄⃝仄平平仄，　　平平仄仄平（对）。
星垂平野阔，　　月涌大江流。
⃝平平平仄仄（黏），⃝仄仄平平（对）。
名岂文章著？　　官应老病休。
⃝仄⃝仄平平仄（黏），平平仄仄平（对）。
飘飘何所似？　　天地一沙鸥。
⃝平平平仄仄（黏），⃝仄仄平平（对）。

无　题　　李商隐

相见时难别亦难，　　东风无力百花残。
⃝仄平平仄仄平，　　⃝平⃝仄仄平平（对）。
春蚕到死丝方尽，　　蜡炬成灰泪始干。
⃝平⃝仄平平仄（黏），⃝仄平平仄仄平（对）。
晓镜但愁云鬓改，　　夜吟应觉月光寒。
⃝仄⃝平平平仄仄（黏），⃝平⃝仄仄平平（对）。
蓬山此去无多路，　　青鸟殷勤为探看。
⃝平⃝仄平平仄（黏），仄仄平平仄仄平（对）。

绝句是律诗的一半，所以绝句的对和黏也与律诗的对和黏相同。例如：

塞下曲　　卢　纶

月黑雁飞高，　　单于夜遁逃。
⃝仄仄平平，　　平平仄仄平（对）。
欲将轻骑逐，　　大雪满弓刀。
⃝平平平仄仄（黏），⃝仄仄平平（对）。

赠别　　杜　牧

多情却似总无情，　　唯觉尊前笑不成。
平平仄仄仄平平，　　仄仄平平仄仄平（对）。
蜡烛有心还惜别，　　替人垂泪到天明。
仄仄平平平仄仄（黏），仄平仄仄仄平平（对）。

长律的平仄也是依照对和黏的格律。即使长达一百韵（一百联），只要我们知道首句第二字的平仄，全诗的平仄都可以推知。

律诗绝句不合对和黏的格律者，叫做"失对"、"失黏"。在唐宋五言律绝中，失对的情况非常罕见，现在只举一个例子：

忆　弟　　杜　甫

且喜河南定，　　不问邺城围。
仄仄平平仄，　　仄仄仄平平（失对）。
百战今谁在？　　三年望汝归。
仄仄平平仄（黏），平平仄仄平（对）。
故园花自发，　　春日鸟还飞。
平平平仄仄（黏），仄仄仄平平（对）。
断绝人烟久，　　东西消息稀。
仄仄平平仄（黏），平平仄仄平（对）。

七言律绝中，甚至是没有。
失黏的情况，初唐、盛唐有一些。例如：

送著作佐郎崔融等从梁王东征　　陈子昂

金天方肃杀，　　　　　白露始专征。
平平平仄仄，　　　　　仄仄仄平平（对）。
王师非乐战，　　　　　之子慎佳兵。
⊕平平仄仄（失黏），　⊗仄仄平平（对）。
海气侵南郡，　　　　　边风扫北平。
⊗仄平平仄（黏），　　平平仄仄平（对）。
莫卖卢龙塞，　　　　　归邀麟阁名。
⊗仄平平仄（失黏），　平平仄仄平（对）。

出　塞　　王　维

居延城外猎天骄，　　　　白草连山野火烧。
⊕平⊗仄仄平平，　　　　⊗仄平平仄仄平（对）。
暮云空碛时驱马，　　　　秋日平原好射雕。
⊕平⊗仄平平仄（失黏），⊗仄平平仄仄平（对）。
护羌校尉朝乘障，　　　　破虏将军夜渡辽。
⊕平⊗仄平平仄（失黏），⊗仄平平仄仄平（对）。
玉靶角弓珠勒马，　　　　汉家将赐霍嫖姚。
⊗仄⊕平平仄仄（黏），　平平⊕仄仄平平（对）。

送元二使安西　　王　维

渭城朝雨浥轻尘，　　　　客舍青青柳色新。
⊕平⊗仄仄平平，　　　　⊗仄平平仄仄平（对）。
劝君更尽一杯酒，　　　　西出阳关无故人。
⊕平⊗仄仄平仄（失黏），⊗仄平平平仄平（对）。

滁州西涧　　韦应物

独怜幽草涧边生，　　上有黄鹂深树鸣。
⊕平⊘仄仄平平，　　⊘仄平平平仄平（对）。
春潮带雨晚来急，　　野渡无人舟自横。
⊕平⊘仄平平仄（失黏），⊘仄平平平仄平（对）。

中唐以后渐少，乃至于没有了。

3.5　拗句和拗体

古人把律诗中不合平仄的句子称为拗句。初唐、盛唐某些诗人的律绝中出现一些拗句。例如：

望洞庭湖赠张丞相　　孟浩然

八月湖水平，涵虚混太清。（"湖水"二字拗）
⊘仄仄平平，平平仄仄平。
气蒸云梦泽，波撼岳阳城。
⊕平平仄仄，⊘仄仄平平。
欲济无舟楫，端居耻圣明。
⊘仄平平仄，平平仄仄平。
坐观垂钓者，徒有羡鱼情。
⊕平平仄仄，⊘仄仄平平。

黄鹤楼　　崔　颢

昔人已乘黄鹤去，此地空余黄鹤楼。
⊕平⊕仄平平仄，⊕仄平平仄仄平。
△　　　　　　　　　　　　　△
（"乘"、"鹤"二字拗）

黄鹤一去不复返，白云千载空悠悠。
⊕仄⊕平平仄仄，平平⊕仄仄平平。
　　　　　　　　　　　　　　　△
（"去不"二字拗）

晴川历历汉阳树，芳草萋萋鹦鹉洲①。
⊕平⊕仄平平仄，⊕仄平平仄仄平。
　　　　　　　　　　　　　　　△
日暮乡关何处是，烟波江上使人愁。
⊕仄⊕平平仄仄，⊕平⊕仄仄平平。
　　　　　　　　　　　　　　　△

全诗用拗句或大部分用拗句，叫做拗体。杜甫、苏轼等诗人都写过拗体律诗。例如：

崔氏东山草堂　　杜　甫

爱汝玉山草堂静，高秋爽气相鲜新②。
⊕仄⊕平平仄仄，⊕平⊕仄仄平平。
　　　　　　　　　　　　　　　△
（"草堂"二字拗）

有时自发钟磬响，落日更见渔樵人。
⊕平⊕仄平平仄，⊕仄平平仄仄平。
　　　　　　　　　　　　　　　△
（"磬"、"更见渔樵"五字拗）

盘剥白鸦谷口栗，饭煮青泥坊底芹③。
　　　　　　　　　　　　　　　△

---

① 严格地说，第二句"黄"字、第四句"空"字、第五句"汉"字、第六句"鹦"字都算拗，但"汉"与"鹦"是拗救，参看下节。
② 严格地说，"相"字也算拗。
③ 严格地说，"坊"字也算拗。

⊘仄⊕平仄仄平，⊘仄平平仄仄平。（失对）
　　　　　　　　　　△
　　　　　　　　　　　　（"谷"字拗）

何为西庄王给事，柴门空闲锁松筠。
⊘仄⊕平平仄仄，⊕平⊘仄仄平平。
　　　△　　　　△

寿星院寒碧轩　　苏　轼

清风肃肃摇窗扉，　　　窗前修竹一尺围。
平平⊕仄仄平平，　　　⊕平⊘仄仄平平（失对）。
　　　△　　　　　　　　　　△
　　　　　　　　　　　　（"摇"、"尺"二字拗）

纷纷苍雪落夏簟，　　　冉冉绿雾沾人衣。
⊕平⊕仄平平仄，　　　⊘仄平平仄仄平。
　　　　　　　　　　　　　　　△
　　　　　　　　　　（"落夏"、"绿雾沾人"六字拗）

日高山蝉抱叶响，　　　人静翠羽穿林飞。
平平⊕仄平平仄（失黏），⊘仄平平仄仄平。
　　　△　　　　　　　　　　　△
　　　　　　　　　　（"蝉抱叶"、"翠羽穿林"七字拗）

道人绝粒对寒碧，　　　为问鹤骨何缘肥。
⊕平⊕仄平平仄（失黏），⊘仄平平仄仄平。
　　　△　　　　　　　　　　　△
　　　　　　　　　　（"对"、"鹤骨何缘"五字拗）

3.6　拗　救

　　律诗中虽然出现了拗句，但诗人有补救的办法，这就是"拗救"。所谓"拗救"，就是前面该用平声的地方用了仄声字，就在后面适当的地方用一个平声字作为补偿。拗救有两种：第一种是本句自救，第二种对句相救。
　　一、本句自救，就是孤平拗救。前面说过，在律诗、绝句中，仄平脚的句型，五言第一字、七言第三字必须用平声，否则叫做"犯孤平"。但是，如果在五言第三字、七言第五字用个平声字作为补偿，也就没有毛病了。这叫做孤平拗救。例如：

寄江滔求孟六遗文　　刘眘虚

南望襄阳路，思君情转亲。
偏知汉水广，应与孟家邻。
在日贪为善，昨来闻更贫。（拗救）
相如有遗草，一为问家人。

宿五松山下荀媪家　　李　白

我宿五松下，寂寥无所欢。（拗救）
田家秋作苦，邻女夜春寒。
跪进雕胡饭，月光明素盘。（拗救）
令人惭漂母，三谢不能餐。

夜宿山寺　　李　白

危楼高百尺，手可摘星辰。
不敢高声语，恐惊天上人。（拗救）

遣悲怀　　元　稹

闲坐悲君亦自悲，百年多是几多时？
邓攸无子寻知命，潘岳悼亡犹费词。（拗救）
同穴窅冥何所望？他生缘会更难期。
唯将终夜常开眼，报答平生未展眉。

二、对句相救又分两种：（一）大拗必救；（二）小拗可救可不救。

（一）大拗必救，指的是出句平仄脚句型，五言第四字拗、七言第六字拗，必须在对句的五言第三字、七言第五字用一个平声字作为补偿。例如：

奉济驿重送严公　　杜甫

远送从此别，青山空复情。（拗救）
几时杯重把？昨夜月同行。
列郡讴歌惜，三朝出入荣。
江村独归去，寂寞养残生。
　　　　（"重"字，义从平声，字读上声）

孤雁　　杜甫

孤雁不饮啄，飞鸣声念群。（拗救）
谁怜一片影，相失万重云。
望尽似犹见，哀多如更闻。
野鸦无意绪，鸣噪自纷纷。

赋得古原草送别　　白居易

离离原上草，一岁一枯荣。
野火烧不尽，春风吹又生。（拗救）
远芳侵古道，晴翠接荒城。
又送王孙去，萋萋满别情。

登乐游原　　李商隐

向晚意不适，驱车登古原。（拗救）
夕阳无限好，只是近黄昏。

（二）小拗可救可不救，指的是出句平仄脚句型，五言第三字拗，七言第五字拗，可以在对句五言第三字、七言第五字用一个平声字作为补偿。这种小拗可以不救（见上节"平仄的变格"）；但是，诗人往往在这种地方用救。例如：

赠孟浩然　李　白

吾爱孟夫子，风流天下闻。（拗救）
红颜弃轩冕，白首卧松云。
醉月频中圣，迷花不事君。
高山安可仰？从此揖清芬。

祖　席　韩　愈

淮南悲木落，而我亦伤秋。
况与故人别，那堪羁宦愁。（拗救）
荣华今异路，风雨昔同忧。
莫以宜春远，江山多胜游。

（"那"读 nuó）

送友人　李　白

青山横北郭，白水绕东城。
此地一为别，孤蓬万里征。（未救）
浮云游子意，落日故人情。
挥手自兹去，萧萧班马鸣。（拗救）

留别王维　孟浩然

寂寂竟何待？朝朝空自归。（拗救）
欲寻芳草去，惜与故人违。

当路谁相假？知音世所稀。
祇应守寂寞，还掩故园扉。

在许多情况下，本句自救（孤平拗救）是和对句相救同时并用的。例如：

（一）大拗和孤平拗救并用：

与诸子登岘山　　孟浩然

人事有代谢，往来成古今。（大拗，孤平救）
江山留胜迹，我辈复登临。
水落鱼梁浅，天寒梦泽深。
羊公碑尚在，读罢泪沾襟。

除夜有怀　　崔　涂

迢递三巴路，羁危万里身。
乱山残雪夜，孤独异乡人。
渐与骨肉远，转于僮仆亲。（大拗，孤平救）
那堪正漂泊，明日岁华新。

（"那"读 nuó）

落　花　　李商隐

高阁客竟去，小园花乱飞。（大拗，孤平救）
参差连曲陌，迢递送斜晖。
肠断未忍扫，眼穿仍欲归。（大拗，孤平救）
芳心向春尽，所得是沾衣。

夜泊水村　　陆　游

腰间羽箭久凋零，太息燕然未勒铭。
老子犹堪绝大漠，诸君何至泣新亭？
一身报国有万死，双鬓向人无再青。
　　　　　　　　　　　（大拗，孤平救）
记取江湖泊船处，卧闻新雁落寒汀。
　　　　　　　　　　　（"燕"读yān）

（二）小拗和孤平拗救并用：

早寒有怀　　孟浩然

木落雁南渡，北风江上寒。（小拗，孤平救）
我家襄水曲，遥隔楚云端。
乡泪客中尽，孤帆天际看。（小拗救）
迷津欲有问，平海夕漫漫。
　　　　　　　（"看"读kān，"漫"读mán）

送人东游　　温庭筠

荒戍落黄叶，浩然离故关。（小拗，孤平救）
高风汉阳渡，初日郢门山。
江上几人在，天涯孤棹还。（小拗救）
何当重相见，樽酒慰离颜。
　　　　　　　　　　　（"重"读zhòng）

喜外弟卢纶见宿　　司空曙

静夜四无邻，荒居旧业贫。
雨中黄叶树，灯下白头人。

以我独沉久,愧君相见频。(小拗,孤平救)
平生自有分,况是霍家亲!

（"分"读 fèn）

咸阳城东楼　　许　浑

一上高城万里愁,蒹葭杨柳似汀洲。
溪云初起日沉阁,山雨欲来风满楼。

（小拗,孤平救）

鸟下绿芜秦苑夕,蝉鸣黄叶汉宫秋。
行人莫问当年事,故国东来渭水流。

新城道中（选一）　　苏　轼

东风知我欲山行,吹断檐间滴雨声。
岭上晴云披絮帽,树头初日挂铜钲。
野桃含笑竹篱短,溪柳自摇沙水清。

（小拗,孤平救）

西崦①人家应最乐,煮葵烧笋饷春耕。

回乡偶书　　贺知章

少小离家老大回,乡音无改鬓毛摧②。
儿童相见不相识,笑问客从何处来。

（小拗,孤平救）

（三）小拗、大拗、孤平拗救同时并用:

---

① "崦"读如"掩"(yǎn),上声。
② "摧",各本作"衰",今依沈德潜《唐诗别裁集》作"摧"。

蕃剑　　杜甫

致此自僻远,又非珠玉装。
　　　　　　　　（小拗,大拗,孤平救）
如何有奇怪,每夜吐光芒。
虎气必腾上,龙身宁久藏。（小拗救）
风尘苦未息,持汝奉明王。

唐人善用拗救的格律,拗救的情况相当常见。宋代以后,除苏轼、陆游几个大家外,就很罕见了。

3.7　古体诗的平仄

从前人们以为古体诗是不讲究平仄的。后来清代赵执信著《声调谱》,证明古体诗也有平仄的讲究,不过古体诗的平仄和今体诗的平仄大不相同。就五言、七言的三字脚来说,就有下列的四种格式:

仄平仄;
仄仄仄;
平仄平;
平平平。
例如:

下终南山过斛斯山人宿置酒　　李　白

暮从碧山下（仄平仄）,
山月随人归（平平平）。
却顾所来径（仄平仄）,

苍苍横翠微（平仄平）。
相携及田家，
童稚开荆扉（平平平）。
绿竹入幽径（仄平仄），
青萝拂行衣。
欢言得所憩（仄仄仄），
美酒聊共挥（平仄平）。
长歌吟松风（平平平），
曲尽河星稀（平平平）。
我醉君复乐，
陶然共忘机。

（"忘"读wāng）

梦李白　　杜　甫

死别已吞声，
生别长恻恻。
江南瘴疠地（仄仄仄），
逐客无消息。
故人入我梦（仄仄仄），
明我长相忆。
君今在罗网（仄平仄），
何以有羽翼（仄仄仄）。
恐非平生魂（平平平），
路远不可测（仄仄仄）。
魂来枫林青（平平平），
魂返关塞黑。
落月满屋梁，
犹疑照颜色（仄平仄）。

水深波浪阔,
无使蛟龙得。

韩　碑　　李商隐

元和天子神武姿（平仄平），
彼何人哉轩与羲（平仄平）。
誓将上雪列圣耻（仄仄仄），
坐法宫中朝四夷（平仄平）。
淮西有贼五十载（仄仄仄），
封狼生貙貙生罴（平平平）。
不据山河据平地（仄平仄），
长戈利矛日可麾。
帝得圣相相曰度（仄仄仄），
贼斫不死神扶持（平平平）。
腰悬相印作都统（仄平仄），
阴风惨澹天王旗（平平平）。
愬武古通作牙爪（仄平仄），
仪曹外郎载笔随。
行军司马智且勇（仄仄仄），
十四万众犹虎貔（平仄平）。
入蔡缚贼献太庙（仄仄仄），
功无与让恩不訾^①（平仄平）。
帝曰"汝度功第一,
汝从事愈宜为辞"（平平平）。
愈拜稽首蹈且舞（仄仄仄），
"金石刻画臣能为（平平平）。

---

① "訾"，读如"资"（zī），平声。

古者世称大手笔（仄仄仄），
此事不系于职司（平仄平）。
当仁自古有不让"（仄仄仄），
言讫屡颔天子颐（平仄平）。
公退斋戒坐小阁（仄仄仄），
濡染大笔何淋漓（平平平）。
点窜尧典舜典字（仄仄仄），
涂改清庙生民诗（平平平）。
文成破体书在纸，
清晨再拜铺丹墀（平平平）。
表曰"臣愈昧死上"（仄仄仄），
咏神圣功书之碑（平平平）。
碑高三丈字如斗（仄平仄），
负以灵鳌蟠以螭（平仄平）。
句奇语重喻者少（仄仄仄），
谗之天子言其私（平平平）。
长绳百尺拽碑倒（仄平仄），
粗沙大石相磨治（平平平）①。
公之斯文若元气（仄平仄），
先时已入人肝脾（平平平）。
汤盘孔鼎有述作（仄仄仄），
今无其器存其辞（平平平）。
呜呼圣皇及圣相（仄仄仄），
相与烜赫流淳熙（平平平）。
公之斯文不示后（仄仄仄），
曷与三五相攀追（平平平）？
愿书万本诵万遍（仄仄仄），

---

① "治"读如"持"（chí），平声。

口角流沫右手胝。
传之七十有二代（仄仄仄），
以为封禅玉检明堂基（平平平）。

在四种三字脚当中，最常见的是平平平，叫做"三平调"。三平调是古体诗的典型。上面所举李白诗中的"随人归"、"开荆扉"、"吟松风"、"河星稀"，杜甫诗中的"平生魂"、"枫林青"，李商隐诗中的"貔生黑"、"神扶持"、"天王旗"、"宜为辞"、"臣能为"、"何淋漓"、"生民诗"、"铺丹墀"、"书之碑"、"言其私"、"相磨治"、"人肝脾"、"存其辞"、"流淳熙"、"相攀追"、"明堂基"等，都是三平调，可见不是偶然的。

拗句是古体诗的特点①。上面所举李白诗中的"暮从碧山下"、"相携及田家"、"青萝拂行衣"、"美酒聊共挥"、"长歌吟松风"、"我醉君复乐"、"陶然共忘机"，杜甫诗中的"生别长恻恻"、"何以有羽翼"、"恐非平生魂"、"路远不可测"、"魂来枫林青"、"魂返关塞黑"、"落月满屋梁"，李商隐诗中的"元和天子神武姿"、"彼何人哉轩与羲"、"誓将上雪列圣耻"、"淮西有贼五十载"、"封狼生貙貙生黑"、"长戈利矛日可麾"等等，都是拗句。

凡诗，如果全篇用拗句，或者大部分用拗句同时运用仄韵，即使句数、字数与律诗相同（五言40字，七言56字），也应该认为是古体诗。例如：

望岳　　杜甫

岱宗夫如何（拗），齐鲁青未了（拗）。
造化钟神秀，阴阳割昏晓。

---

① 古体诗无所谓"拗句"。这里所谓"拗句"，指非律句。

荡胸生曾云（拗），决眦入归鸟。
会当凌绝顶，一览众山小。

有些古体诗也讲究对和黏。当然，古体诗的对和黏，只能以每句的第二字为准，因为有许多拗句，第四字（七言还有第六字）就不能有对和黏了。例如上面所举杜甫《望岳》，"鲁"与"宗"是对，"化"与"鲁"是黏，"阳"与"化"是对，"胸"与"阳"是黏，"眦"与"胸"是对，"览"与"当"是对。但这种对和黏不是硬性规定的，例如杜甫《望岳》第七句的"当"（平声）和第六句的"眦"（仄声）就不黏。下面举出一首完全黏对的古体诗。

宿业师山房待丁大不至　　孟浩然

夕阳度西岭，群壑倏已暝（对）。
松月生夜凉（黏），风泉满清听（对）。
樵人归欲尽（黏），烟鸟栖初定（对）。
之子期宿来（黏），孤琴候萝径（对）。

总的说来，古体诗不讲黏对的较多。讲黏对的古体诗，大约是受今体诗格律的影响。

3.8　入律的古风

上文说过，古体诗的平仄和今体诗的平仄不同。但是，有一种古体诗用的今体诗的平仄，叫做"入律的古风"。入律的古风有三个特点：

一、全诗用律句或基本上用律句（通常是七言）；

二、换韵，而且往往是平仄韵交替；

三、往往是四句一换韵，换韵后第一句入韵，全诗好像是许多首七绝的组合。

例如：

桃源行　　王　维

渔舟逐水爱山春（律），两岸桃花夹古津（律）。
坐看红树不知远（律），行尽青溪忽值人（律）。
山口潜行始隈隩（律）①，山开旷望旋平陆（律）。
遥看一处攒云树（律），近入千家散花竹（律）。
樵客初传汉姓名（律），居人未改秦衣服（律）。
居人共住武陵源（律），还从物外起田园（律）。
月明松下房栊静（律），日出云中鸡犬喧（律）。
惊闻俗客争来集（律），竞引还家问都邑（律）。
平明闾巷扫花开（律），薄暮渔樵乘水入（律）。
初因避地去人间（律），及至成仙遂不还（律）。
峡里谁知有人事（律），世中遥望空云山（律）。
不疑灵境难闻见（律），尘心未尽思乡县（律）。
出洞无论隔山水（律），辞家终拟长游衍（律）。
自谓经过旧不迷（律），安知峰壑今来变（律）。
当时只记入山深（律），青溪几度到云林（律）。
春来遍是桃花水（律），不辨仙源何处寻（律）。

（"看"读 kān，"论"读 lún，"过"读 guō）

白居易的《长恨歌》、《琵琶行》，元稹《连昌宫词》等，属于入律的古风一类。这里为篇幅所限，不具引。

---

① "山口"句、"近入"句、"竞引"句、"峡里"句、"出洞"句为特定变格仄仄平平仄平仄，也算律句。

3.9 古　绝

绝句起源于律诗之前。唐以前的绝句不讲平仄，也可以押仄韵。唐以后，诗人们也写这种绝句。后人把今体的绝句称为"律绝"，古体的绝句称为"古绝"。古绝多用拗句，有些古绝还用仄韵。例如：

一、平韵古绝：

静夜思　李　白

床前明月光，　　疑是地上霜（拗）。
举头望明月（失黏），低头思故乡（失对）。

怨　情　李　白

美人卷珠帘（拗），深坐颦蛾眉（三平调）。
但见泪痕湿，　　不知心恨谁。

二、仄韵古绝：

送崔九　裴　迪

归山深浅去，须尽邱壑美（拗）。
莫学武陵人，暂游桃源里（拗）。

喜雨　孟　郊

朝见一片云（拗），暮成千里雨。
凄清湿高枝（拗），散漫沾荒土。

有些绝句，用的是仄韵，但是全诗用律句，或者用律诗容许的变格和拗救。这种绝句的性质在古绝和律绝之间。例如：

鹿　柴　　王　维

空山不见人（律），但闻人语响（律）。
返景入深林（律），复照青苔上（律）。

春　晓　　孟浩然

春眠不觉晓（律变），　　处处闻啼鸟（律）。
夜来风雨声（孤平拗救），花落知多少（律）？

江　雪　　柳宗元

千山鸟飞绝（律变），万径人踪灭（律）。
孤舟蓑笠翁（律变），独钓寒江雪（律）。

由此看来，古绝和律绝的界限是不很清楚的。

第四章 对　仗

4.1 今体诗的对仗

对仗，指的是出句和对句的词义成为对偶，如"天"对"地"，"风"对"雨"，"长"对"短"，"来"对"去"，等等。拿今天的语法术语来说，就是名词对名词，代词对代词，形容词对形容词，动词对动词①，副词对副词。

律诗的对仗，一般用在中两联，即颔联和颈联。例如：

秋日赴阙题潼关驿楼　　许　浑

红叶晚萧萧，长亭酒一瓢。
残云归太华，疏雨过中条。
　　　　　　　　　　（"华"读 huà）

树色随关迥，河声入海遥。
帝乡明日到，犹自梦渔樵。

（"残"、"疏"，形容词；"云"、"雨"，名词；"归"、"过"，动词；"太华"、"中条"，专名。"树"、"河"，名词；"色"、"声"，名词；"随"、"入"，动词；"关"、"海"，名词；"迥"、"遥"，形容词。）

---

① 有时候，动词（特别是不及物动词）可以对形容词。

无 题　李商隐

飒飒东风细雨来，芙蓉塘外有轻雷。
金蟾啮锁烧香入，玉虎牵丝汲井回。
贾氏窥帘韩掾少，宓妃留枕魏王才。
春心莫共花争发，一寸相思一寸灰。

（"金蟾"、"玉虎"、"香"、"井"，名词；"啮"、"牵"、"烧"、"汲"、"入"、"回"，动词。"贾氏"、"宓妃"、"韩掾"、"魏王"、"帘"、"枕"，名词；"窥"、"留"，动词；"少"、"才"，形容词。）

对仗可以多到三联，即首联、颔联、颈联都用对仗。例如：

登岳阳楼　杜甫

昔闻洞庭水，今上岳阳楼。
吴楚东南坼，乾坤日夜浮。
亲朋无一字，老病有孤舟。
戎马关山北，凭轩涕泗流。

黄州　陆游

局促常悲类楚囚，迁流还叹学齐优。
江声不尽英雄恨，天意无私草木秋。
万里羁愁添白发，一帆寒日过黄州。
君看赤壁终陈迹，生子何须似仲谋？

（"看"读kān）

也可以少到一联，即颔联不用对仗，只在颈联用对仗。这种情况比较罕见。另有一种情况，即在首联、颈联都用对仗，而在颔联不用。例如：

送杜少府之任蜀州　　王　勃

城阙辅三秦，风烟望五津。
与君离别意，同是宦游人。
海内存知己，天涯若比邻。
无为在歧路，儿女共沾巾。

尾联一般不用对仗，只有少数例外。例如：

闻官军收河南河北　　杜　甫

剑外忽传收蓟北，初闻涕泪满衣裳。
却看妻子愁何在？漫卷诗书喜欲狂。
白日放歌须纵酒，青春作伴好还乡。
即从巴峡穿巫峡，便下襄阳向洛阳。

绝句可以不用对仗。如果用，就用在首联。例如：

何满子　　张　祜

故国三千里，深宫二十年。
一声何满子，双泪落君前。

夜上受降城闻笛　　李　益

回乐峰前沙似雪，受降城外月如霜。
不知何处吹芦管，一夜征人尽望乡。

也有首尾两联都用对仗，不过比较少见。例如：

登鹳雀楼　　王之涣

白日依山尽，黄河入海流。
欲穷千里目，更上一层楼。

绝　句　　杜　甫

两个黄鹂鸣翠柳，一行白鹭上青天。
窗含西岭千秋雪，门泊东吴万里船。

长律（常见的是五言长律）除首尾两联不用对仗以外，其余各联都用对仗。由于联联排比，所以长律又称排律。上文第一章所举张巡的《守睢阳诗》，第二章第一节所举钱起的《湘灵鼓瑟》，都是长律的例子。这里不另举例了。

律诗有三种特殊的对仗，值得注意。第一种是数目对；第二种是颜色对；第三种是方位对。分别举例如下：

一、数目对，例如：

楚塞三湘接，荆门九派通[①]。
（王维《汉江临眺》）

城阙辅三秦，风烟望五津。
（王勃《送杜少府之任蜀州》）

潮平两岸阔，风正一帆悬。
（王湾《次北固山下》）

烽火连三月，家书抵万金。
（杜甫《春望》）

---

① 字的下面加圆点（"。"），表示对仗。下仿此。

势分三足鼎,业复五铢钱。

（刘禹锡《蜀先主庙》）

五更疏欲断,一树碧无情。

（李商隐《蝉》）

万里悲秋常作客,百年多病独登台。

（杜甫《登高》）

三峡楼台淹日月,五溪衣服共云山。

（杜甫《咏怀古迹》）

千寻铁锁沉江底,一片降幡出石头。

（刘禹锡《西塞山怀古》）

吊影分为千里雁,辞根散作九秋蓬。

（白居易《自河南经乱,关内阻饥,兄弟离散,各在一方,因望月有感,聊书所怀》）

万里寒光生积雪,三边曙色动危旌。

（祖咏《望蓟门》）

二、颜色对,例如:

客路青山外,行舟绿水前。

（王湾《次北固山下》）

红颜弃轩冕,白首卧松云。

（李白《赠孟浩然》）

白云回望合,青霭入看无。

（王维《终南山》）

绿树村边合,青山郭外斜。

（孟浩然《过故人庄》）

白日放歌须纵酒,青春作伴好还乡。

（杜甫《闻官军收河南河北》）

一去紫台连朔漠,独留青冢向黄昏。

（杜甫《咏怀古迹》）

三、方位对,例如:

青山横北郭,白水绕东城。

（李白《送友人》）

北极朝廷终不改,西山寇盗莫相侵。

（杜甫《登楼》）

直北关山金鼓震,征西车马羽书驰。

（杜甫《秋兴八首》）

西望瑶池降王母,东来紫气满函关。

（杜甫《秋兴八首》）

名词又可以分为若干类,凡同类相对者,叫做工对。分类举例如下:

一、天文类,例如:

月下飞天镜,云生结海楼。

（李白《渡荆门送别》）

浮云游子意,落日故人情。

（李白《送友人》）

星临万户动,月傍九霄多。

（杜甫《春宿左省》）

露从今夜白,月是故乡明。

（杜甫《月夜忆舍弟》）

星垂平野阔,月涌大江流。

（杜甫《旅夜书怀》）

惊风乱飐芙蓉水,密雨斜侵薜荔墙。

(柳宗元《登柳州城楼寄漳汀封连四州》)

玉玺不缘归日角,锦帆应是到天涯。

(李商隐《隋宫》)

二、地理类,例如:

分野中峰变,阴晴众壑殊。

(王维《终南山》)

海日生残夜,江春入旧年。

(王湾《次北固山下》)

山随平野尽,江入大荒流。

(李白《渡荆门送别》)

树色随关迥,河声入海遥。

(许浑《秋日赴阙题潼关驿楼》)

锦江春色来天地,玉垒浮云变古今。

(杜甫《登楼》)

沧海月明珠有泪,蓝田日暖玉生烟。

(李商隐《锦瑟》)

岭树重遮千里目,江流曲似九回肠。

(柳宗元《登柳州城楼寄漳汀封连四州刺史》)

三、时令类,例如:

晓战随金鼓,宵眠抱玉鞍。

(李白《塞下曲》)

几时杯重把,昨夜月同行。

(杜甫《奉济驿重送严公四韵》)

画图省识春风面,环佩空归夜月魂。

（杜甫《咏怀古迹》。按:"夜月"一般多作"月夜"。）

晓镜但愁云鬓改,夜吟应觉月光寒。

（李商隐《无题》）

四、动物类,例如:

草枯鹰眼疾,雪尽马蹄轻。

（王维《观猎》）

云移雉尾开宫扇,日绕龙鳞识圣颜。

（杜甫《秋兴八首》）

金蟾啮锁烧香入,玉虎牵丝汲井回。

（李商隐《无题》）

庄生晓梦迷蝴蝶,望帝春心托杜鹃。

（李商隐《锦瑟》）

五、植物类,例如:

退朝花底散,归院柳边迷。

（杜甫《晚出左掖》）

秋草独寻人去后,寒林空见日斜时。

（刘长卿《长沙过贾谊宅》）

风波不信菱枝弱,月露谁教桂叶香。

（李商隐《无题》）

野桃含笑竹篱短,溪柳自摇沙水清。

（苏轼《新城道中》）

此外还有人伦类、身体类、宫室类、服饰类、器用类,等等,不一一举例了。

名词不同类而相对,叫做宽对。例如:

> 青菰临水拔,白鸟向山翻。
> （王维《辋川闲居》）

("菰"对"鸟",植物对动物。)

> 树深时见鹿,溪午不闻钟。
> （李白《访戴天山道士不遇》）

("树"对"溪",植物对地理;"鹿"对"钟",动物对器用。)

> 玉桃偷得怜方朔,金屋修成贮阿娇。
> （李商隐《茂陵》）

("桃"对"屋",植物对宫室。)

> 岭上晴云披絮帽,树头初日挂铜钲。
> （苏轼《新城道中》）

("岭"对"树",地理对植物;"帽"对"钲",服饰对器用。)

有一种对仗,一个词有两个不同的意义,诗人在诗中用的是甲义,但实际是借用乙义与另一词成为工对,这叫做借对。例如:

> 少年曾任侠,晚节更为儒。
> （王维《崔录事》）

("年节"的"节"借为"节操"的"节")

> 飘零为客久,衰老羡君还。
> （杜甫《涪江泛舟送韦班归京》）

("君臣"的"君"借为代名词的"君")

> 白法调狂象,玄言问老龙。
> （王维《黎拾遗昕裴迪见过秋夜对雨之作》）

(黑色的"玄"借为"玄妙"的"玄")

另一种借对是借音。例如：

> 野日荒荒白，春流泯泯清。
> （杜甫《漫成》）

（借"清"为"青"）

> 寄身且喜沧洲近，顾影无如白发何。
> （刘长卿《江州重别薛六》）

（借"沧"为"苍"）

对仗，一般是上联一句，下联一句，各自独立的。但是，也有一种对仗，是上下联合成一句，上联不能独立成句的，叫做流水对。例如：

> 海内存知己，天涯若比邻。
> （王勃《送杜少府之任蜀州》）
> 玉玺不缘归日角，锦帆应是到天涯。
> （李商隐《隋宫》）
> 即从巴峡穿巫峡，便下襄阳向洛阳。
> （杜甫《闻官军收河南河北》）

写诗不应该片面地要求工对，因为过于纤巧，反而束缚思想。一般地说，宋诗不及唐诗，其中一个原因，就是宋诗往往比唐诗纤巧。

4.2 古体诗的对仗

古体诗可以完全不用对仗。有时候，为了修辞的需要，可以用一些对仗。对仗用在什么地方都可以。例如：

前出塞（其六） 杜 甫

挽弓当挽强，用箭当用长。
射人先射马，擒贼先擒王。
杀人亦有限，立国自有疆。
苟能制侵陵，岂在多杀伤？

凶 宅 白居易

长安多大宅，列在街西东。
往往朱门内，房廊相对空。
枭鸣松桂枝，狐藏兰菊丛。
苍苔黄叶地，日暮多旋风。
前主为将相，得罪窜巴庸。
后主为公卿，寝疾殁其中。
连延四五主，殃祸叠相重。
自从十年来，不利主人翁。
风雨坏檐隙，蛇鼠穿墙墉。
人疑不敢买，日毁土木功。
嗟嗟俗人心，甚矣其愚蒙！
但恐灾将至，不思祸所从。
我今题此诗，欲悟迷者胸。
凡为大官人，年禄多高崇。
权重持难久，位高势易穷。
骄者势之盈，老者数之终。
四者如寇盗，日夜来相攻。
假使居吉土，孰能保其躬？
因小以明大，借家可喻邦。

周秦宅崤函,其宅非不同。
一兴八百年,一死望夷宫。
寄语家与国,人凶非宅凶。

田　家　　聂夷中

父耕原上田,子劚山下荒。
六月禾未秀,官家已修仓。
二月卖新丝,五月粜新谷。
医得眼前疮,剜却心头肉。
我愿君王心,化作光明烛。
不照绮罗筵,只照逃亡屋。

宣州谢朓楼饯别校书叔云　　李　白

弃我去者昨日之日不可留,
乱我心者今日之日多烦忧①。
长风万里送秋雁,
对此可以酣高楼。
蓬莱文章建安骨,
中间小谢又清发。
俱怀逸兴壮思飞,
欲上青天览明月。
抽刀断水水更流,
举杯销愁愁更愁。
人生在世不称意,
明朝散发弄扁舟。

---

① 此联是半对半不对。

古体诗的对仗和今体诗不同。

第一，今体诗（律诗）的对仗，出句与对句不能同字；古体诗的对仗，出句与对句可以（而且常常）同字。例如上文所举杜甫的"挽弓当挽强，用箭当用长"、"射人先射马，擒贼先擒王"，白居易的"骄者势之盈，老者数之终"，聂夷中的"二月卖新丝，五月粜新谷"、"不照绮罗筵，只照逃亡屋"，李白的"抽刀断水水更流，举杯销愁愁更愁"。第二，今体诗的对仗必须是平对仄，仄对平，否则是失对；古体诗可以是平对平，仄对仄。例如上文所举白居易的"枭鸣松桂枝，狐藏兰菊丛"、"风雨坏檐隙，蛇鼠穿墙墉"，聂夷中的"医得眼前疮，剜却心头肉"。总之，古体诗的对仗是很自由的。

诗词格律概要

卷下 词

第一章　词牌和词谱

第二章　词　韵
　　2.1　词韵是诗韵的合并
　　2.2　上去通押
　　2.3　换　韵

第三章　词的平仄
　　3.1　律　句
　　3.2　拗　句

第四章　词的对仗

第一章　词牌和词谱

词起源于唐代，盛行于宋代。词是从诗发展来的，所以又叫做"诗余"。词的特点是长短句，所以有人把词叫做"长短句"。

按照字数多少，词可以分为三大类：五十八字以内为小令，五十九字至九十字为中调，九十一字以上为长调。

按照词的段落，词可以分为四类：一、不分段，称为单调，往往是小令；二、分为前后两段，又叫前阕、后阕，称为双调；三、分为三段，称为三叠；四、分为四段，叫做四叠。双调最为常见，其次是小令；三叠、四叠罕用。

词有词牌，如《菩萨蛮》、《忆秦娥》等。词牌并不就是题目①，它们只表示某词的平仄、字数、句数、韵脚等。后人把每一词牌的平仄、字数、句数、韵脚标示出来，成为词谱。按照词谱写词，叫做"填词"。

现在把常见的一些词牌和词谱列举于后：

---

① 可能最初是题目，但后来填词的人只把它当作词谱看待，不再是题目了。

1. 菩萨蛮（双调44字） 李 白（？）

⊕平⊛仄平平仄（仄韵），
平林漠漠烟如织，
⊕平⊛仄平平仄（协）。
寒山一带伤心碧。
⊛仄仄平平（换平韵），
暝色入高楼，
⊛平平仄平①（协）。
有人楼上愁。

⊕平平仄仄（三换仄韵），
玉阶空伫立，
⊛仄平平仄（协）。
宿鸟归飞急。
⊛仄仄平平（四换平韵），
何处是归程？
⊛平平仄平（协），
长亭连短亭。

2. 忆秦娥（双调46字） 李 白（？）

⊕平仄，
箫声咽，
⊕平⊛仄平平仄。
秦娥梦断秦楼月。
平平仄（叠三字），

---

① 注意：第三字必平，后阕末句同。近代有人用律句平平仄仄平。

秦楼月，
⊕平⊕仄，
年年柳色，
仄平平仄（协）。
灞陵伤别。
⊕平⊕仄平平仄，
乐游原上清秋节，
⊕平⊕仄平平仄。
咸阳古道音尘绝。
平平仄（叠三字），
音尘绝，
⊕平⊕仄，
西风残照，
仄平平仄。
汉家陵阙。（此调多用入声韵）

3. 忆江南（单调27字，又名望江南、江南好）　　李　煜

平⊕仄，
多少恨，
⊕仄仄平平。
昨夜月明中。
⊕仄⊕平平仄仄，
还似旧时游上苑，
⊕平⊕仄仄平平。
车如流水马如龙。
⊕仄仄平平。
花月正春风。

4. 浪淘沙（双调54字）　　李　煜

仄仄仄平平，
帘外雨潺潺，
仄仄平平。
春意阑珊。
平平仄仄仄平平。
罗衾不耐五更寒。
仄仄平平平仄仄，
梦里不知身是客，
仄仄平平。
一晌贪欢。

仄仄仄平平，
独自莫凭栏，
仄仄平平。
无限江山。
平平仄仄仄平平。
别时容易见时难。
仄仄平平平仄仄，
流水落花春去也，
仄仄平平。
天上人间。（前后阕同）

5. 渔家傲（双调62字）　　范仲淹

仄仄平平平仄仄，
塞下秋来风景异，
平平仄仄平平仄。

衡阳雁去无留意。
⊘仄⊕平平仄仄。
四面边声连角起。
平⊘仄，
千嶂里，
⊕平⊘仄平平仄。
长烟落日孤城闭。
⊘仄⊕平平仄仄，
浊酒一杯家万里，
⊕平⊘仄平平仄。
燕然未勒归无计。
⊘仄⊕平平仄仄。
羌管悠悠霜满地。
平⊘仄，
人不寐，
⊕平⊘仄平平仄。
将军白发征夫泪。（前后阕同）

6. 浣溪沙（双调42字）　　晏　殊

⊘仄平平仄仄平，
一曲新词酒一杯，
⊕平⊘仄仄平平。
去年天气旧亭台。
⊕平⊘仄仄平平。
夕阳西下几时回？

⊘仄⊕平平仄仄，
无可奈何花落去，

⊕平⊛仄仄平平。
似曾相识燕归来。
⊕平⊛仄仄平平。
小园香径独徘徊。（后阕头两句常用对仗）

7. 临江仙（双调60字）

夜归临皋　　苏　轼

⊛仄⊕平平仄仄，
夜饮东坡醒复醉，
⊕平⊛仄平平。
归来仿佛三更。
⊕平⊛仄仄平平。
家童鼻息已雷鸣。
⊕平平仄仄，
敲门都不应，
⊛仄仄平平。
倚杖听江声。

⊛仄⊕平平仄仄，
长恨此身非我有，
⊕平⊛仄平平。
何时忘却营营？
⊕平⊛仄仄平平。
夜阑风静縠纹平。
⊕平平仄仄，
小舟从此逝，
⊛仄仄平平。
江海寄馀生。（前后阕同）

8. 念奴娇（双调100字）

赤壁怀古　　苏　轼

⊘平平仄,
大江东去,
仄㊉仄、㊉仄㊉平平仄。△
浪淘尽、千古风流人物。△
⊘仄㊉平平仄仄,
故垒西边人道是,
⊘仄平平㊉仄。△
三国周郎赤壁。△
⊘仄平平,
乱石穿空,
㊉平⊘仄,
惊涛拍岸,
⊘仄平平仄。△
卷起千堆雪。△
⊘平平仄,
江山如画,
⊘平平仄平仄。△
一时多少豪杰?△

㊉仄㊉仄平平,（或㊉平⊘仄平平）
遥想公瑾当年,
⊘平平仄仄,
小乔初嫁了,
⊘平平仄①。△

---

① 这两句,一般作前四后五,即:平平⊘仄,⊘仄平平仄。如陈亮《念奴娇·登多景楼》:"登高怀远,也学英雄涕。"

雄姿英发。
⊘仄⊙平平仄仄,
羽扇纶巾谈笑处①,
⊘仄⊙平平仄。
樯橹灰飞烟灭。
⊘仄平平,
故国神游,
⊙平⊙仄,
多情应笑,
⊘仄平平仄。
我早生华发。
⊘平平仄,
人生如梦,
⊘平平仄平仄。
一樽还酹江月。（此调一般用入声韵）

9. 桂枝香（双调101字）

金陵怀古　　王安石

平平仄仄。
登临送目。
仄仄仄⊙平,
正故国晚秋,
⊘平平仄。
天气初肃。
⊘仄平平⊙仄,
千里澄江似练,

---

① 一本作"羽扇纶巾，谈笑间"，今依《词律》。

仄平平仄。
翠峰如簇。
⊕平⊕仄平平仄,
征帆去棹残阳里,
仄平平、⊘平平仄。
背西风、酒旗斜矗。
仄平平仄,
彩舟云淡,
⊘平⊕仄,
星河鹭起,
仄平平仄。
画图难足。

仄⊘仄、平平仄仄。
念往昔、繁华竞逐。
仄⊘仄平平,
叹门外楼头,
⊕⊘平仄。
悲恨相续。
⊘仄平平⊘仄,
千古凭高对此,
仄平平仄。
谩嗟荣辱。
⊕平⊘仄平平仄,
六朝旧事随流水,
仄平平、⊕仄平仄。
但寒烟、衰草凝绿。
仄平平仄,
至今商女,

⊕平⊗仄,
时时犹唱,
仄平平仄。
后庭遗曲。

10. 蝶恋花（双调60字，又名鹊踏枝）　　冯延巳（？）

⊗仄⊕平平仄仄。
六曲阑干偎碧树。
⊗仄平平,
杨柳风轻,
⊗仄平平仄。
展尽黄金缕。
⊗仄⊕平平仄仄,
谁把钿筝移玉柱?
⊕平⊗仄平平仄。
穿帘燕子双飞去①。
⊗仄⊕平平仄仄。
满眼游丝兼落絮。
⊗仄平平,
红杏开时,
⊗仄平平仄,
一霎清明雨。
⊗仄⊕平平仄仄,
浓睡觉来莺乱语,
⊕平⊗仄平平仄。
惊残好梦无寻处。（前后阕同）

---

① "燕子"，一作"海燕"。

11. 卜算子（双调44字）

　　　咏　梅　　陆　游

　　⊕仄仄平平，
　　驿外断桥边，
　　⊕仄平平仄。
　　　　　△
　　寂寞开无主。
　　　　　△
　　⊕仄平平仄仄平，
　　已是黄昏独自愁，
　　⊕仄平平仄。
　　　　　△
　　更著风和雨。
　　　　　△

　　⊕仄仄平平，
　　无意苦争春，
　　⊕仄平平仄。
　　　　　△
　　一任群芳妒。
　　　　　△
　　⊕仄平平仄仄平，
　　零落成泥碾作尘，
　　⊕仄平平仄。
　　　　　△
　　只有香如故。（前后阕同）
　　　　　△

12. 水调歌头（双调95字）　　苏　轼

　　丙辰中秋，欢饮达旦，大醉，作此篇，兼怀子由。

　　⊕仄⊕平仄，
　　明月几时有？
　　⊕仄仄平平。
　　把酒问青天。
　　　　　△

⊕平⊗仄⊕仄⊗仄仄平平①。

不知天上宫阙今夕是何年。

⊗仄⊕平⊕仄,

我欲乘风归去,

⊗仄平平⊕仄,

又恐琼楼玉宇②,

⊗仄仄平平。

高处不胜寒。

⊗仄⊕平仄,

起舞弄清影,

⊗仄仄平平。

何似在人间?

⊕平⊕仄

转朱阁,

⊕平⊕仄,

低绮户,

仄平平。

照无眠。

⊕平⊗仄,

不应有恨,

⊕仄⊗仄仄平平③。

何事常向别时圆?

⊗仄⊕平⊕仄,

人有悲欢离合,

---

① 此句可以是上六下五,如这里的"不知天上宫阙,今夕是何年"。也可以是上四下七,如陈亮《水调歌头》的"当场只手,毕竟还我万夫雄"。

② 万树《词律》说,这里"玉"字读作平声。他的意见是对的。

③ 这两句也可以作⊗仄⊕平仄仄, ⊗仄仄平平。

⊘仄平平⊕仄,
月有阴晴圆缺,
⊘仄仄平平。△
此事古难全。△
⊘仄⊕平仄,
但愿人长久,
⊘仄仄平平。△
千里共婵娟。△

13. 西江月（双调50字）

夜行黄沙道中　　　辛弃疾

⊘仄⊕平⊘仄,
明月别枝惊鹊,
⊕平⊘仄平平。△
清风半夜鸣蝉。△
⊕平⊘仄仄平平,
稻花香里说丰年,
⊘仄⊕平⊘仄（换仄协）[①]。△
听取蛙声一片。△

⊘仄⊕平⊘仄,
七八个星天外,
⊕平⊘仄平平。△
两三点雨山前。△

[①] 所谓"换仄协",是说和前面韵脚的韵母相同,只是从平声韵改为仄声韵。

⊙平⊚仄仄平平，
旧时茅店社林边，
⊚仄⊙平⊚仄（换仄协）。
路转溪桥忽见①。(前后阕同。前后阕头两句用对仗。)

14. 鹧鸪天（双调55字）　　秦　观

⊚仄平平⊚仄平，
枕上流莺和泪闻，
⊙平⊚仄仄平平。
新啼痕间旧啼痕。
⊙平⊚仄平平仄，
一春鱼鸟无消息，
⊚仄平平⊚仄平。
千里关山劳梦魂。

平仄仄，
无一语，
仄平平。
对芳樽。
⊙平⊚仄仄平平。
安排肠断到黄昏。
⊙平⊚仄平平仄，
甫能炙得灯儿了，
⊚仄平平⊚仄平。
雨打梨花深闭门。

---

① "桥"，一作"头"。

15. 清平乐（双调46字）

　　村　居　　辛弃疾

　　⊗平⊕仄,
　　茅檐低小,
　　⊗仄平平仄。
　　溪上青青草。
　　⊗仄⊕平平仄仄,
　　醉里吴音相媚好,
　　⊗仄⊕平⊕仄。
　　白发谁家翁媪。

　　⊕平⊗仄平平,
　　大儿锄豆溪东,
　　⊕平⊗仄平平,
　　中儿正织鸡笼;
　　⊗仄⊕平⊗仄,
　　最喜小儿无赖,
　　⊕平⊗仄平平。（后阕换平声韵）
　　溪头卧剥莲蓬。

16. 如梦令（单调33字）　　李清照

　　⊗仄⊗平平仄,
　　昨夜雨疏风骤,
　　⊗仄⊗平平仄。
　　浓睡不消残酒。
　　⊗仄仄平平,
　　试问卷帘人,

⊠⊠平平仄。
却道"海棠依旧"。

平仄,
知否?
平仄(叠句)。
知否?
⊠⊠平平仄。
应是绿肥红瘦。

17. 诉衷情（双调44字） 陆 游

⊕平⊠仄仄平平,
当年万里觅封侯,
⊠仄仄平平。
匹马戍梁州。
⊕平⊠仄平仄,
关河梦断何处?
⊠仄仄平平①。
尘暗旧貂裘。

平仄仄,
胡未灭,
仄平平,
鬓先秋,
仄平平。
泪空流。

---

① 另一体作六字句,即⊠仄仄、仄平平。

仄平平仄,
　　此生谁料,
　　仄仄平平,
　　心在天山,
　　仄仄平平。
　　身老沧洲。

18. 十六字令（单调16字）　蔡　伸

　　平,
　　天,
　　仄仄平平仄仄平。
　　休使圆蟾照客眠!
　　平平仄,
　　人何在?
　　仄仄仄平平。
　　桂影自婵娟。

19. 减字木兰花（双调44字）　吕渭老

　　平平仄仄,
　　雨帘高卷,
　　仄仄平平平仄仄。
　　芳树阴阴连别馆。
　　仄仄平仄（换平韵),
　　凉气侵楼,
　　仄仄平平仄仄平。
　　蕉叶荷枝各自秋。

⊕平⊘仄（三换仄韵），
前溪夜舞，
⊘仄⊕平平仄仄。
化作惊鸿留不住。
⊘仄平平（四换平韵），
愁损腰肢，
⊘仄平平⊘仄平。
一桁香销旧舞衣。（每两句一换韵）

20. 贺新郎（双调116字，又名金缕曲）

寄李伯纪丞相　　张元干

⊘仄平平仄，
曳杖危楼去，
仄平平、⊕平仄仄，
斗垂天、沧波万顷，
仄平平仄。
月流烟渚。
⊘仄⊕平平仄仄，
扫尽浮云风不定，
⊘仄平平仄仄。
未放扁舟夜渡。
⊘仄仄、平平平仄。
宿雁落、寒芦深处。
⊘仄⊕平平仄仄，
怅望关河空吊影，
仄平平、⊘仄平平仄。
正人间、鼻息鸣鼍鼓。

平仄仄、仄平仄。
谁伴我、醉中舞？

⊕平⊛仄平平仄，
十年一梦扬州路，
仄平平、⊕平仄仄，
倚高寒、愁生故国，
仄平平仄。
气吞骄虏。
⊛仄⊕平平仄仄，
要斩楼兰三尺剑，
⊛仄平平⊛仄。
遗恨琵琶旧语。
⊛仄仄、平平平仄。
谩暗涩、铜华尘土。
⊛仄⊕平平⊛仄，
唤取谪仙平章看，
仄平平、⊛仄平平仄。
过苕溪、尚许垂纶否？
平仄仄、仄平仄。
风浩荡、欲轻举。

21. 齐天乐（双调102字）

蝉　　王沂孙

仄平平仄平平仄，
一襟余恨宫魂断，
平平仄平平仄。
年年翠阴庭树。

仄仄平平,
乍咽凉柯,
平平仄仄,
还移暗叶,
仄仄平平仄仄。
重把离愁深诉。
平平仄仄。
西窗过雨。
仄仄仄平平,
怪瑶佩流空,
仄平平仄。
玉筝调柱。
仄仄平平,
镜暗妆残,
仄平平仄仄平仄。
为谁娇鬓尚如许?

平平平仄平仄,
铜仙铅泪如洗,
仄平平仄仄,
叹移盘去远,
平仄平仄。
难贮零露。
仄仄平平,
病翼惊秋,
平平仄仄,
枯形阅世,
仄仄平平仄仄。
消得斜阳几度?

⊕平仄仄。
　　△
余音更苦。
　　△
仄⊗仄平平,
甚独抱清商,
　·
仄平平仄。
　　△
顿成凄楚。
　　△
⊗仄平平,
谩想薰风,
⊕平平仄仄。
　　　△
柳丝千万缕。
　　　△

22. 沁园春（双调114字）

有　感　　陆　游

⊗仄平平,
孤鹤归飞,
　·
⊗仄平平,
再过辽天,
仄仄仄平。
　　△
换尽旧人。
　·　△
仄⊕平⊗仄,
念累累枯冢,
⊕平⊗仄,
茫茫梦境,
⊕平⊗仄,
王侯蝼蚁,
⊗仄平平。
　　△
毕竟成尘。
·　　△

⊘仄平平,
载酒园林,
⊕平⊘仄,
寻花巷陌,
⊘仄平平⊘仄平。
当日何曾轻负春?
平平仄,
流年改,
仄⊕平⊘仄,
叹围腰带剩,
⊘仄平平。
点鬓霜新。

平平⊘仄平平。
交亲散落如云①。
⊘⊘仄、平平⊕仄平。
又岂料、如今余此身!
仄⊘平⊕仄,
幸眼明身健,
⊕平⊘仄,
茶甘饭软,
⊕平⊘仄,
非惟我老,
⊘仄平平。
更有人贫。

---

① 《词律》分为两句,即"交亲,散落如云"。认为"亲"字入韵。但是辛弃疾等人的《沁园春》都是六字句,第二字不押韵。所以这里不从《词律》。

⊘仄平平,
躲尽危机,
⊕平⊘仄,
消残壮志,
⊘仄平平⊘仄平。
短艇湖中闲采莼。
平⊕仄,
吾何恨?
仄⊕平⊘仄,
有渔翁共醉,
⊘仄平平。
溪友为邻。

23. 风入松（双调76字）

春 园 吴文英

⊕平⊘仄仄平平,
听风听雨过清明,
⊕仄仄平平。
愁草瘗花铭。
⊕平仄仄平平仄,
楼前绿暗分携路,
仄平⊕、仄仄平平。
一丝柳、一寸柔情。
⊘仄平平⊘仄,
料峭春寒中酒,
⊕平⊘仄平平。
交加晓梦啼莺。

⊕平⊗仄仄平平,
西园日日扫林亭,
⊕仄仄平平。
依旧赏新晴。
⊕平⊗仄平平仄,
黄蜂频扑秋千索,
仄平⊕、⊗仄平平。
有当时、纤手香凝。
⊕仄平平⊗仄,
惆怅双鸳不到,
⊕平⊗仄平平。
幽阶一夜苔生。

24. 一剪梅（双调60字）

舟过吴江　　蒋　捷

⊗仄平平⊗仄平。
一片春愁带酒浇①。
⊗仄平平,
江上舟摇,
⊗仄平平。
楼上帘招。
⊕平⊗仄仄平平。
秋娘容与泰娘娇②。
⊗仄平平,
风又飘飘,

---

① 一作"待酒浇"。
② 一作"秋娘渡与泰娘桥"。

⊗仄平平。
雨又潇潇①。

⊗仄平平⊗仄平。
何日云帆卸浦桥②?
⊗仄平平,
银字筝调,
⊗仄平平。
心字香烧。
⊕平⊗仄仄平平。
流光容易把人抛。
⊗仄平平,
红了樱桃,
⊗仄平平。
绿了芭蕉③!（前后阕同）

25. 满江红（双调93字） 岳 飞

⊗仄平平,
怒发冲冠,
⊕⊕仄、⊕平⊗仄。
凭阑处、潇潇雨歇。
⊕仄仄,⊗平平仄,
抬望眼,仰天长啸,

---

① 一作"萧萧"。
② 一作"何日归家洗客袍？"
③ 此调四处用对仗，在每一对仗中，第二字相同。

⊙平平仄。
壮怀激烈①。
⊙仄⊙平平仄仄,
三十功名尘与土,
⊙平⊙仄平平仄。
八千里路云和月。
仄⊙平、仄仄仄平平,
莫等闲、白了少年头,
平平仄。
空悲切。

仄⊙仄,
靖康耻,
平⊙仄。
犹未雪;
⊙仄仄,
臣子恨,
平平仄。
何时灭?
⊙⊙平仄仄、仄平平仄。
驾长车踏破、贺兰山缺。
⊙仄⊙平平仄仄,
壮志饥餐胡虏肉,
⊙平⊙仄平平仄。
笑谈渴饮匈奴血。
仄⊙平、⊙仄仄平平,
待从头、收拾旧山河,

---

① "激"字入声作平声。

平平仄。
△
朝天阙。(此词一般用入声韵)
　·

26. 采桑子（双调44字，又名丑奴儿）

别　情　　吕本中

⊕平⊗仄平平仄，
恨君不似江楼月，
　·
⊗仄平平。
　　△
南北东西。
　　△
⊗仄平平（叠句），
南北东西，
　　△
⊗仄平平⊗仄平。
只有相随无别离。
　　　　　　△

⊕平⊗仄平平仄，
恨君却似江楼月，
　·
⊗仄平平。
　　△
暂满还亏。
　　△
⊗仄平平（叠句）①，
暂满还亏，
　　△
⊗仄平平⊗仄平。
待到团圆是几时？（前后阕同）
　　　　△

---

① 此词前后阕都用叠句，也可以不叠。毛主席《采桑子·重阳》前阕"岁岁重阳，今又重阳"，叠二字；后阕"不似春光，胜似春光"，叠三字，也是一种变化。

27. 生查子（双调40字）

元　夕　　朱淑真①

⊕平⊘仄平②，⊘仄平平仄。
去年元夜时，花市灯如昼。
⊘仄仄平平，⊘仄平平仄。
月上柳梢头，人约黄昏后。

⊕平⊘仄平，⊘仄平平仄。
今年元夜时，月与灯依旧。
⊘仄仄平平，⊘仄平平仄。
不见去年人，泪湿春衫袖。（前后阕同）

28. 点绛唇（双调41字）　　李清照

⊘仄平平，⊕平⊘仄平平仄。
蹴罢秋千，起来慵整纤纤手。
仄平平仄，⊘仄平平仄。
露浓花瘦，薄汗轻衣透。

⊘仄平平，⊘仄平平仄。
见有人来，袜刬金钗溜。
平平仄，仄平平仄，⊘仄平平仄。
和羞走，倚门回首，却把青梅嗅。

---

① 一说此词为欧阳修所作。
② 第一句不能犯孤平。如果第三字用仄，则第一字必平。后阕第一句同。

29. 永遇乐（双调104字）

京口北固亭怀古　　辛弃疾

⊛仄平平，
千古江山，
⊕平⊛仄、
英雄无觅①、
平仄平仄②。
孙仲谋处。
⊛仄平平，
舞榭歌台，
⊕平⊛仄，
风流总被、
⊛仄平平仄。
雨打风吹去。
⊕平⊛仄，
斜阳草树，
⊕平⊛仄，
寻常巷陌，
⊛仄仄平平仄。
人道寄奴曾住。
⊛平⊕、⊕平⊛仄，
想当年、金戈铁马，
⊛⊕仄⊛平仄。
气吞万里如虎。

---

① 依语法，这里不该断句；依词谱，这里该断句。下面"风流总被"句同。别人的词，这些地方都是断句的。

② 万树《词律》说第一字可仄，第二字可平，误。

⊕平⊗仄,
元嘉草草,
⊕平平仄,
封狼居胥①,
⊗仄平平⊗仄。
　　　　△
赢得仓皇北顾。
　　　　△
⊗仄平平,
四十三年,
⊗平⊕仄,
望中犹记,
⊕仄平平仄。
　　　△
烽火扬州路。
　　　△
⊗平⊕仄,
可堪回首,
⊗平⊕仄,
佛狸祠下,
⊗仄平平⊗仄。
　　　　△
一片神鸦社鼓!
　　　　△
⊕平仄、平平仄仄,
凭谁问:廉颇老矣,
仄平仄仄。
　△
尚能饭否?
　　△

30. 望海潮（双调107字）　　柳　永

⊗仄平平仄,
东南形胜,

---

① "胥"字读上声。

⊘平平仄,
江吴都会,
⊕平⊘仄平平。
钱塘自古繁华。
⊘仄⊕平,
烟柳画桥,
⊕平⊘仄,
风帘翠幕,
⊕平⊘仄平平。
参差十万人家。
⊘仄仄平平。
云树绕堤沙。
仄平仄平仄①,
怒涛卷霜雪,
⊘仄平平。
天堑无涯。
⊘仄平平,
市列珠玑,
仄平平仄,
户盈罗绮,
仄平平②。
竞豪奢。

⊕平⊘仄平平。
重湖叠巘清嘉。

---

① 这句,一般作仄⊕平⊘仄,上一下四,如秦观《望海潮》:"正絮翻蝶舞"。
② 这句,一般与上句合为一句,即"⊕平⊘仄仄平平"。

仄⊕平⊛仄,
有三秋桂子,
⊛仄平平。
十里荷花。
⊛仄平平,
羌管弄晴,
⊕平⊛仄,
菱歌泛夜,
⊕平⊛仄平平。
嬉嬉钓叟莲娃。
⊛仄仄平平。
千骑①拥高牙。
仄仄平平仄,
乘醉听箫鼓②,
⊛仄平平。
吟赏烟霞。
⊛仄平平⊛仄,
异日图将好景,
⊛仄仄平平。
归去凤池夸③。

---

① "骑"读 jì。
② 这句一般作上一下四,如秦观《望海潮》"但倚楼极目"(仄⊕平⊛仄)。
③ 这两句,一般作"⊛仄平平,⊕平⊛仄仄平平"。如秦观《望海潮》:"无奈归心,暗随流水到天涯。"

31. 长相思（双调36字）　　白居易

⊕⊕平，
汴水流，
⊕⊕平①，
泗水流，
⊕仄平平⊕仄平。
流到瓜州古渡头。
平平⊕仄平。
吴山点点愁②。

⊕⊕平，
思悠悠③，
⊕⊕平，
恨悠悠，
⊕仄平平⊕仄平。
恨到归时方始休。
平平⊕仄平。
月明人倚楼。（前后阕同）

32. 乌夜啼（双调36字，一名相见欢）　　李　煜

平平⊕仄平平。
无言独上西楼。
仄平平。
月如钩。

---

① 这两句叠后二字，可作仄仄平或平仄平，但不能作平平平。后阕同。
② 这句可作平平仄仄平或平仄平仄平，但不能作仄平仄仄平（孤平）。后阕末句同。
③ "思"读 sì。

⊘仄⊘平平仄,
寂寞梧桐深院,
仄平平。
锁清秋。

⊘⊘仄(换仄韵,不同韵),
剪不断,
⊘平仄,
理还乱,
仄平平(二换平韵,回到原韵)。
是离愁。
⊘仄⊘平平仄,
别是一般滋味,
仄平平。
在心头。

33. 桂殿秋(单调27字)　　向子䜍

平仄仄,
秋色里,
仄平平。
月明中。
⊕平⊘仄仄平平。
红旌翠节下蓬宫。
⊕平⊘仄平平仄,
蟠桃已结瑶池露,
⊘仄平平仄仄平。
桂子初开玉殿风。

34. 破阵子（双调62字）

为陈同甫赋壮词以寄之　　辛弃疾

⊘仄平平⊘仄，
醉里挑灯看剑，
⊕平⊘仄平平。
梦回吹角连营。
⊘仄⊕平平仄仄，
八百里分麾下炙，
⊘仄平平仄仄平。
五十弦翻塞外声。
⊘平平仄平。
沙场秋点兵。

⊘仄平平⊘仄，
马作的卢飞快，
⊕平⊘仄平平。
弓如霹雳弦惊。
⊘仄⊕平平仄仄，
了却君王天下事，
⊘仄平平仄仄平。
赢得生前身后名。
⊘平平仄平。
可怜白发生①。（前后阕同）

---

① "白"字作平声。

35. 唐多令（双调60字）

重过武昌　　刘过

⊕仄仄平平,
芦叶满汀洲,
⊕平⊕仄平①。
寒沙带浅流。
仄平平、⊕仄平平。
二十年、重过南楼②。
⊠仄⊠平平仄仄,
柳下系船犹未稳,
平⊠仄,
能几日,
仄平平。
又中秋?

⊕仄仄平平,
黄鹤断矶头,
⊕平⊕仄平。
故人曾到不③?
仄平平、⊕仄平平。
旧江山、浑是新愁。
⊠仄⊠平平仄仄,
欲买桂花同载酒,

---

① 这句可以是平平平仄平或仄平平仄平,但不能是仄平仄仄平（孤平）。
② 这句"十"字读作平声。
③ 这句可以作平平仄仄平、平平平仄平,但不能作仄平仄仄平（孤平）。"不",读fóu。

⊕⊗仄,
终不似,
仄平平。
少年游！（前后阕同）

36. 阮郎归（双调47字）　　晏几道

⊕平⊕仄仄平平,
天边金掌露成霜,
⊕平⊕仄平①。
云随雁字长。
仄平平仄仄平平,
绿杯红袖趁重阳,
⊕平⊕仄平。
人情似故乡。

平仄仄,
兰佩紫,
仄平平。
菊簪黄。
⊕平⊕仄平。
殷勤理旧狂。
仄平⊕仄仄平平,
欲将沉醉换悲凉,
⊕平⊕仄平。
清歌莫断肠！

---

① 这句可作平平仄仄平、仄平平仄平，但不能作仄平仄仄平（孤平）。下面第四句，后阕第三、第五句同。

37. 江城子（双调70字）

密州出猎　　苏　轼

⊕平⊗仄仄平平。
老夫聊发少年狂。
仄平平，
左牵黄，
仄平平。
右擎苍。
⊗仄平平①，
锦帽貂裘，
⊗仄仄平平。
千骑卷平冈②。
⊗仄⊕平平仄仄，
为报倾城随太守，
平仄仄，
亲射虎，
仄平平。
看孙郎。

⊕平⊗仄仄平平。
酒酣胸胆尚开张。
仄平平，
鬓微霜，
仄平平。
又何妨？

---

① 一作⊗⊕⊕仄。
② "骑"读jì。

⊘仄平平,
持节云中,
⊘仄仄平平。
何日遣冯唐?
⊘仄⊕平平仄仄,
会挽雕弓如满月,
平仄仄,
西北望,
仄平平。
射天狼。(前后阕同)

38. 太常引（双调49字，又作太清引）

建康中秋夜为吕叔潜赋　　辛弃疾

⊕平⊘仄仄平平,
一轮秋影转金波,
⊘仄仄平平。
飞镜又重磨。
⊘仄仄平平。
把酒问姮娥:
⊕仄仄、平平仄平。
被白发、欺人奈何!

⊕平⊘仄,
乘风好去,
⊕平⊘仄,
长空万里,
⊘仄仄平平。
直下看山河。

㊁仄仄平平，
　　　　斫去桂婆娑，
　　　㊀仄、平平仄平。
　　　　人道是、清光更多！

39. 苏幕遮（双调62字）　　范仲淹

　　　仄平平，
　　　　碧云天，
　　　平仄仄。
　　　　黄叶地。
　　　㊁仄平平，
　　　　秋色连波，
　　　㊁仄平平仄。
　　　　波上寒烟翠。
　　　㊁仄平平平仄仄。
　　　　山映斜阳天接水。
　　　㊁仄平平，
　　　　芳草无情，
　　　㊁仄平平仄。
　　　　更在斜阳外。

　　　仄平平，
　　　　黯乡魂，
　　　平仄仄。
　　　　追旅思①。

―――――――――――
　　① "思"读sì，去声。

⊕仄平平,
夜夜除非,
⊕仄平平仄。
好梦留人睡。
⊕仄平平平仄仄。
明月楼高休独倚。
⊕仄平平,
酒入愁肠,
⊕仄平平仄。
化作相思泪!

40. 最高楼（双调81字）　　刘克庄

平⊕仄,
周郎后,
⊕仄仄平平。
直数到清真。
⊕仄仄平平。
君莫是前身。
⊕平⊕仄平平仄,
八音相应谐韶乐,
⊕平⊕仄仄平平。
一声未了落梁尘。
仄平平,
笑而今,
平仄仄,
轻郢客,
仄平平。
重巴人。

仄仄仄、仄平平仄仄（换仄韵，不同韵）;
只少个、绿珠横玉笛;
仄仄仄、平平平仄仄。
更少个、雪儿弹锦瑟。
平仄仄，
欺贺晏，
仄平平（换平韵，回到原韵）。
压黄秦。
平平仄仄平平仄，
可怜樵唱并菱曲①，
平平仄仄仄平平。
不逢御手与龙巾。
仄平平，
且酣眠，
平仄仄，
篷底月，
仄平平。
瓮间春。

41. 扬州慢②（双调98字）　　姜　夔

淳熙丙申至日，予过维扬。夜雪初霁，荠麦弥望。入其城则四顾萧条，寒水自碧，暮色渐起，戍角悲吟。予怀怆然，感慨今昔。因自度此曲。千岩老人以为有"黍离"之悲也。

---

① "并"读 bīng。

② 凡慢调都是比较长的词调。

⊘仄平平,
淮左名都,
⊘平平仄,
竹西佳处。
⊕平仄仄平平。
解鞍少驻初程。
仄⊕平⊘仄,
过春风十里,
⊘仄仄平平。
尽荠麦青青。
仄平仄、⊕平⊘仄,
自胡马、窥江去后,
仄平平仄,
废池乔木,
⊘仄平平。
犹厌言兵。
仄⊕平⊘仄,
渐黄昏清角,
⊕平⊘仄平平。
吹寒都在空城。

⊕平⊘仄,
杜郎俊赏,
仄平平、⊘仄平平。
算而今、重到须惊。
仄⊘仄平平,
纵豆蔻词工,
⊕平⊘仄,
青楼梦好,

⊘仄平平。
难赋深情。
⊘仄⊘平平仄,
二十四桥仍在,
平平仄、⊘仄平平。
波心荡、冷月无声。
仄⊕平⊘仄,
念桥边红药,
⊕平仄仄平平。
年年知为谁生?

42. 石州慢（双调102字，一名石州引）　　贺　铸

⊘⊘平平,
薄雨收寒,
平仄仄平①,
斜照弄晴,
平仄平仄②。
春意空阔。
⊕平⊘仄平平,
长亭柳色才黄,
⊘仄⊘平平仄。
远客一枝先折。
⊕平⊘仄,
烟横水际,

---

① 一作仄平平仄。
② 一作仄平平仄。

仄仄⊙仄平平①，
映带几点归鸦，
⊙平⊙仄平平仄△。
东风消尽龙沙雪△。
⊙仄仄平平，
还·记出门时，
仄平平平仄△。
恰·而今时节△。

平仄△。
将发△。
⊙仄⊙平⊙仄，
画楼芳酒，
⊙仄平平，
红泪清歌，
⊙平平仄△。
顿成轻别△。
⊙仄平平，
已是经年，
⊙仄⊙平平仄△。
杳杳音尘都绝△。
⊙平⊙仄，
欲知方·寸，
⊙⊙⊙仄平平，
共有几许清愁，
⊙平⊙仄平平仄△。
芭蕉·不展丁香结△。

---

① 一作⊙平⊙仄平平。

⊘仄仄平平,
　枉望断天涯,
　仄平平平仄。
　　　　△
　两仄仄风月。(此调一般用入声韵)
　　　　△

43. 摸鱼儿（双调116字）　　辛弃疾

　　淳熙己亥,自湖北漕移湖南,同官王正之置酒小山亭,为赋。

　仄平平、仄平平仄。
　　　　　　　　△
　更能消、几番风雨?
　　　　　　　△
　⊕平平仄平仄。
　　　　　△
　匆匆春又归去。
　　　　　△
　⊕平⊘仄平平仄,
　惜春长怕花开早,
　⊘仄仄平平仄。
　　　　　△
　何况落红无数!
　　　　△
　平仄仄!
　　　△
　春且住!
　　　△
　⊘仄仄、平平⊘仄平平仄。
　　　　　　　　　　△
　见说道、天涯芳草无归路。
　　　　　　　　　　△
　⊕平⊘仄。
　　　△
　怨春不语。
　　　△
　仄⊘仄平平,
　算只有殷勤,
　⊘平平平仄,
　　　　△
　画檐蛛网,

⊘仄仄平仄。
尽日惹飞絮。

平平仄,
长门事,
⊘仄平平⊘仄。
准拟佳期又误。
平平平仄平仄。
蛾眉曾有人妒。
⊕平⊘仄平平仄,
千金纵买相如赋①,
⊘仄仄平平仄。
脉脉此情谁诉?
平仄仄。
君莫舞。
⊕仄仄、⊘平⊕仄平平仄。
君不见、玉环飞燕皆尘土!
⊕平⊘仄。
闲愁最苦。
⊘仄仄平平,
休去倚危栏,
⊕平⊘仄,
斜阳正在,
⊘仄仄平仄。
烟柳断肠处!

---

① 这句可以不押韵。

44. 六州歌头（双调143字）　　张孝祥

⊕平⊛仄，
长淮望断，
⊛仄仄平平。
△
关塞莽然平。
△
平⊕仄，
征尘暗，
平平仄，
霜风劲，
仄平平。
△
悄边声。
仄平平。
△
黯销凝。
△
⊛仄平平仄，
追想当年事，
⊛平仄，
殆天数，
平⊕仄，
非人力，
⊕⊛仄，
洙泗上，
平⊕仄，
弦歌地，
仄平平。
△
亦膻腥！
⊛仄平平，
隔水毡乡，

仄仄平平仄,
落日牛羊下,
⊘仄平平。
区脱纵横①。
仄⊕平⊘仄,
看名王宵猎,
⊘仄仄平平。
骑火一川明。
⊘仄平平。
笳鼓悲鸣。
仄平平。
遣人惊。

仄平平仄,
念腰间箭,
⊘平仄,
匣中剑,
平⊕仄,
空埃蠹,
仄平平。
竟何成?
⊕平仄,
时易失,
平⊕仄,
心徒壮,
仄平平。
岁将零。

---

① "纵"读 zōng。

仄⊕平。
渺神京。
⊗仄平平仄,
干羽方怀远,
⊗⊕仄,
静烽燧,
仄平平。
且休兵。
⊕仄仄,
冠盖使,
⊕⊕仄,
纷驰骛,
仄平平。
若为情!
⊗仄⊕平⊗仄,
闻道中原遗老,
⊕平仄、⊗仄平平。
常南望、翠葆霓旌。
仄⊕平⊗仄,
使行人到此,
⊕仄仄平平。
忠愤气填膺。
⊗仄平平。
有泪如倾!

第二章　词　韵

2.1　词韵是诗韵的合并

词韵可以完全依照平水韵。但是，一般用韵较宽，往往把邻近的韵合并为一个韵部。依照戈载的《词林正韵》，词韵可以分为十九部（平上去声十四部，入声五部），如下：

第一部：平声东冬；上声董肿；去声送宋。

第二部：平声江阳；上声讲养；去声绛漾。

第三部：平声支微齐，又灰半（"回雷"等字）；上声纸尾荠，又贿半（"悔罪"等字）；去声寘未霁，又泰半（"会最"等字），队半（"内佩"等字）。

第四部：平声鱼虞；上声语麌；去声御遇。

第五部：平声佳半（"街钗"等字），灰半（"来台"等字）；上声蟹，又贿半（"海在"等字）；去声泰半（"盖外"等字），卦半（"拜快"等字），队半（"塞代"等字）。

第六部：平声真文，又元半（"魂痕"等字）；上声轸吻，又阮半（"本损"等字）；去声震问，又愿半（"闷困"等字）。

第七部：平声寒删，又元半（"言烦"等字）；上声旱潸铣，又阮半（"远晚"等字）；去声翰谏霰，又愿半（"怨健"等字）。

第八部：平声萧肴豪；上声篠巧皓；去声啸效号。

第九部：平声歌；上声哿；去声个。

第十部：平声麻；上声马；去声祃，又卦半（"话画"等字）。

第十一部：平声庚青蒸；上声梗迥；去声敬径。

第十二部：平声尤；上声有；去声宥。

第十三部：平声侵；上声寝；去声沁。

第十四部：平声覃盐咸；上声感俭豏；去声勘艳陷。

第十五部：入声屋沃。

第十六部：入声觉药。

第十七部：入声质陌锡职缉。

第十八部：入声物月曷黠屑叶。

第十九部：入声合洽。

有时候，词人用韵比这个更宽。例如辛弃疾《永遇乐》押"处去住虎顾路鼓否"，"处去住虎顾路鼓"属第四部，"否"属第十二部；范仲淹《苏幕遮》押"地翠水外思睡倚泪"，"地翠水思睡倚泪"属第三部，"外"属第五部；苏轼《念奴娇》押"物壁雪杰发灭髪月"，"物雪杰发灭髪月"属第十八部，"壁"属第十七部。总之，词人用韵是很宽的。

2.2 上去通押

在唐人古体诗中，已有上去通押的情况。在宋词中，上去通押更加常见。例如范仲淹的《渔家傲》押"异意起裏闭里计地寐泪"，"起裏里"属上声，"异意计地寐泪"属去声；冯延巳《蝶恋花》押"树缕柱去絮雨语处"，"缕柱雨语"属上声[①]，"树去絮处"属去声；陆游《卜算子》押"主雨妒故"，"主雨"属上声，"妒故"属去声；李清照《如梦令》押"骤

---

① 今普通话"柱"读去声。

酒旧否瘦"，"酒否"属上声，"骤旧瘦"属去声；吕渭老《减字木兰花》押"卷馆"，又押"舞住"，"卷舞"属上声，"馆住"属去声①；张元干《贺新郎》押"去渚渡处鼓舞路房语去否举"，"渚鼓舞房语否举"属上声，"去渡处路"属去声；王沂孙《齐天乐》押"树诉雨柱许露度苦楚缕"，"雨柱许苦楚缕"属上声，"树诉露度"属去声；李清照《点绛唇》押"手瘦透溜走首嗅"，"手走首"属上声，"瘦透溜嗅"属去声；李煜《乌夜啼》押"断乱"，"断"属上声②，"乱"属去声；范仲淹《苏幕遮》押"地翠水外思睡倚泪"，"水倚"属上声，"地翠外思睡泪"属去声；辛弃疾《永遇乐》押"处去住虎顾路鼓否"，"虎鼓否"属上声，"处去住顾路"属去声；《摸鱼儿》押"雨去数住路语絮误妒赋诉舞土苦处"，"雨语舞土苦"属上声，"去数住路絮误妒赋诉处"属去声。由此可见，上去通押的情况是不胜枚举的。

2.3 换　韵

换韵，一般是平仄互换。或先用平韵，后用仄韵；或先用仄韵，后换平韵，或连换几次韵，都是词谱所规定的。

换韵有三种情况，现在分别加以叙述：

第一种情况是换韵不换部，元音相同，只是声调不同，就是平仄互换。这里所谓"仄"，指的是上声和去声，不是入声。例如：

---

① 今普通话"馆"读上声。
② 今普通话"断"读去声。

西江月·黄陵庙　　　张孝祥

满载一船明月，
平铺千里秋江（平韵）。
波神留我看斜阳（协平韵），
唤起鳞鳞细浪（换仄协）。
明日风回更好，
今朝露宿何妨（换平协）？
水晶宫里奏《霓裳》（协平韵），
准拟岳阳楼上（换仄协）。

这首词用的词韵是第二部江阳，平仄互换，是换韵不换部。

第二种情况是换韵又换部。例如：

清平乐·独宿博山王氏庵　　　辛弃疾

绕床饥鼠（仄韵），
蝙蝠翻灯舞（协仄韵）。
屋上松风吹急雨（协仄韵），
破纸窗间自语（协仄韵）。

平生塞北江南①（换平韵），
归来华发苍颜（协平韵）。
布被秋宵梦觉，
眼前万里江山（协平韵）。

第三种情况是换韵后又回到原韵上。例如：

---

① "南"属第十四部，这里与第七部通押。

相见欢　　朱敦儒

金陵城上西楼（平韵），
倚清秋（协平韵）。
万里夕阳垂地，
大江流（协平韵）。

中原乱（换仄韵），
簪缨散（协仄韵），
几时收（回到原平韵）？
试倩悲风吹泪，
过扬州（协平韵）。

词以一韵到底为最常见，换韵比较少见。

第三章 词的平仄

3.1 律 句

词虽是长短句,但基本上用的是律句。非但五字句、七字句绝大多数是律句,连三字句、四字句、六字句也绝大多数是律句。三字句可以认为是七言律句的末三字,四字句可以认为是七言律句的前四字,六字句可以认为是七言律句的前六字。

现在先谈七言律句和五言律句。有些词是完全由七言律句构成的。例如:

浣溪沙　　苏　轼

麻叶层层檾叶光。
谁家煮茧一村香?
隔篱娇语络丝娘。
垂白杖藜抬醉眼,
捋青捣䴬软饥肠。
问言豆叶几时黄?

有些词是完全由五言律句构成的。例如:

生查子·题京口郡治尘表亭　　辛弃疾

悠悠万世功，矻矻当年苦①。
鱼自入深渊，人自居平土。

红日又西沉，白浪长东去。
不是望金山，我自思量禹。

有些词是五言律句与七言律句合成的。例如：

卜算子　　朱敦儒

旅雁向南飞，风雨群相失。
饥渴辛勤两翅垂，独下寒汀立。

鸥鹭苦难亲，矰缴忧相逼。
云海茫茫无处归，谁听哀鸣急？

词的律句比诗的律句更为严格，不容许有变格。这就是说：

一、平仄脚，五言第三字必平，七言第五字必平。例如：

一任群芳妒。（陆游《卜算子》）
波上寒烟翠。（范仲淹《苏幕遮》）
六朝旧事随流水。（王安石《桂枝香》）
芭蕉不展丁香结。（贺铸《石州引》）
八千里路云和月。（岳飞《满江红》）

---

① "矻"读wù，入声。

二、仄仄脚，五言第三字必平，七言第五字必平。例如：

小乔初嫁了。（苏轼《念奴娇》）
玉阶空伫立。（李白《菩萨蛮》）
塞下秋来风景异。（范仲淹《渔家傲》）
无可奈何花落去。（晏殊《浣溪沙》）
夜饮东坡醒复醉①。（苏轼《临江仙》）

三、仄平脚，五言第三字必仄，七言第五字必仄②。例如：

云随雁字长。（晏几道《阮郎归》）
殷勤理旧狂。（晏几道《阮郎归》）
饥渴辛勤两翅垂。（朱敦儒《卜算子》）
零落成泥碾作尘。（陆游《卜算子》）
一片春愁带酒浇。（蒋捷《一剪梅》）

四、平平脚，五言第三字必仄，七言第五字必仄。例如：

帘外雨潺潺。（李煜《浪淘沙》）
月上柳梢头。（朱淑真《生查子》）
稻花香里说丰年③。（辛弃疾《西江月》）
当年万里觅封侯。（陆游《诉衷情》）
老夫聊发少年狂。（苏轼《江城子》）

---

① "醒"读 xīng。
② 有个别例外，如秦观"枕上流莺和泪闻"。
③ "说"是入声字。

现在说到三字句。三字句有平平仄、平仄仄、仄仄平、仄平平四种。例如：

流年改。(陆游《沁园春》)
多少恨。(李煜《忆江南》)
汴水流。(白居易《长相思》)
月如钩。(李煜《乌夜啼》)

再说到四字句。四字句有平平仄仄、仄仄平平两种。
一、平平仄仄，例如：

惊涛拍岸。(苏轼《念奴娇》)
登临送目。(王安石《桂枝香》)
西窗过雨。(王沂孙《齐天乐》)
茫茫梦境。(陆游《沁园春》)
青楼梦好。(姜夔《扬州慢》)

这个句型，第一字可仄，但是比较少见。例如：

不应有恨。(苏轼《水调歌头》)

另有一种特定句型是仄平平仄，第三字必须用平声，不能用仄声。这种句型比上述的那种句型多得多。这是词句的特点，特别值得注意。例如：

灞陵伤别。(李白《忆秦娥》)①
汉家陵阙。(同上)

---

① 《忆秦娥》词谱规定用这个特定句型。下仿此。

翠峰如簇。（王安石《桂枝香》）
画图难足。（同上）
谩嗟荣辱。（同上）
后庭遗曲。（同上）
月流烟渚。（张元干《贺新郎》）
气吞骄虏。（同上）
玉筝调柱。（王沂孙《齐天乐》）
顿成凄楚。（同上）
露浓花瘦。（李清照《点绛唇》）
倚门回首。（同上）

这个句型，第一字可平，但是比较少见。例如：

江山如画。（苏轼《念奴娇》）
雄姿英发。（同上）
多情应笑。（同上）
人生如梦。（同上）

二、仄仄平平，第三字必须用平声，不能用仄声。例如：

乱石穿空。（苏轼《念奴娇》）
故国神游。（同上）
乍咽凉柯。（王沂孙《齐天乐》）
镜暗妆残。（同上）
病翼惊秋。（同上）
谩想薰风。（同上）
再过辽天。（陆游《沁园春》）
毕竟成尘。（同上）
载酒园林。（同上）

点鬟霜新。（同上）
　　更有人贫。（同上）
　　躲尽危机。（同上）

这个句型第一字可平，音韵效果是一样的。例如：

　　春意阑珊。（李煜《浪淘沙》）
　　无限江山。（同上）
　　天上人间。（同上）
　　杨柳风轻。（冯延巳《蝶恋花》）
　　红杏开时。（同上）

　　再说到六字句。六字句有⊠仄平平仄仄，⊕平⊠仄平平两种。

　　一、⊠仄平平仄仄，注意第三字用平声。例如：

　　三国周郎赤壁。（苏轼《念奴娇》）
　　千古凭高对此。（王安石《桂枝香》）
　　未放扁舟夜渡①。（张元干《贺新郎》）
　　料峭春寒中酒。（吴文英《风入松》）
　　惆怅双鸳不到。（同上）
　　赢得仓皇北顾。（辛弃疾《永遇乐》）
　　一片神鸦社鼓。（同上）

　　二、⊕平⊠仄平平，注意第五字用平声。例如：

　　归来仿佛三更。（苏轼《临江仙》）

---

①　"扁"读piān。

何时忘却营营?（同上）
清风半夜鸣蝉。（辛弃疾《西江月》）
两三点雨山前。（同上）
交亲散落如云。（陆游《沁园春》）
交加晓梦啼莺。（吴文英《风入松》）
幽阶一夜苔生。（同上）
钱塘自古繁华。（柳永《望海潮》）
参差十万人家。（同上）
重湖叠巘清嘉。（同上）
嬉嬉钓叟莲娃。（同上）
梦回吹角连营。（辛弃疾《破阵子》）
弓如霹雳弦惊。（同上）
解鞍少驻初程。（姜夔《扬州慢》）
吹寒都在空城。（同上）
年年知为谁生？（同上）

另有一种特定句型是仄仄仄平平仄，第五字必平，这和四字句第三字必平一样，是词律的特点。例如：

千古风流人物。（苏轼《念奴娇》）
樯橹灰飞烟灭。（同上）
二十四桥仍在。（姜夔《扬州慢》）
远客一枝先折。（贺铸《石州慢》）
杳杳音尘都绝。（同上）
何况落红无数。（辛弃疾《摸鱼儿》）
脉脉此情谁诉？（同上）

此外，还有八字句、九字句、十字句、十一字句。八字句是上三下五；九字句是上三下六或上五下四；十字句是上三下七；十一字句一般是上六下五，也有上四下七的。例如：

莫等闲、白了少年头。（岳飞《满江红》）
待从头、收拾旧山河。（同上）
正人间、鼻息鸣鼉鼓。（张元干《贺新郎》）
过苕溪、尚许垂纶否？（同上）
浪淘尽、千古风流人物。（苏轼《念奴娇》）
驾长车踏破、贺兰山缺。（岳飞《满江红》）
见说道、天涯芳草无归路。（辛弃疾《摸鱼儿》）
君不见、玉环飞燕皆尘土！（同上）
不知天上宫阙、今夕是何年。（苏轼《水调歌头》）
当场只手、毕竟还我万夫雄。（陈亮《水调歌头》）

如果是上六下五，则上半是拗句（仄平平仄平仄），下半是律句（⊗仄仄平平）；如果是上四下七，则上半是律句（⊗平⊗仄），下半是拗句（⊗仄⊗仄仄平平）。

有些四字句，其实是上一下三。上一字一般用仄声，下三字用律句。例如张孝祥《六州歌头》"念腰间箭"。

有些五字句，其实是上一下四。上一字一般用仄声，下四字用律句，即⊗平平⊗仄。例如：

有三秋桂子。（柳永《望海潮》）
叹移盘去远。（王沂孙《齐天乐》）
叹围腰带剩。（陆游《沁园春》）
有渔翁共醉。（同上）
过春风十里。（姜夔《扬州慢》）
使行人到此。（张孝祥《六州歌头》）

而且往往用词律特定的律句，即⊗平平仄。例如：

念累累枯冢①。(陆游《沁园春》)
幸眼明身健。(同上)
渐黄昏清角。(姜夔《扬州慢》)
念桥边红药。(同上)
恰而今时节。(贺铸《石州慢》)
两厌厌风月②。(同上)
看名王宵猎。(张孝祥《六州歌头》)

不要误会某些是拗句(在五言律诗中,仄平平平仄是拗句,因为第二第四皆平),其实都是词中的律句。

又有一些平脚的五字句,上一下四。上一字一般用仄声,下四字用律句,即仄仄平平,倒数第二字必平③。例如:

怪瑶佩流空。(王沂孙《齐天乐》)
甚独抱清商。(同上)

在第二、第四字都用平声的时候,也不要误会是拗句。

有些七字句是上三下四,一般用的是三字律句加四字律句,或者是三字拗句加四字律句,或者是三字律句加四字拗句。例如:

背西风、酒旗斜矗。(王安石《桂枝香》)
念往昔、繁华竞逐。(同上)
但寒烟、衰草凝绿。(同上)
倚高寒、愁生故国。(张元干《贺新郎》)

---

① "累"读léi,平声。
② "厌"读yān,平声。
③ 王安石《桂枝香》"正故国晚秋"。"晚"字仄声,是例外。

谩暗涩、铜华尘土。(同上)
一丝柳、一寸柔情。(吴文英《风入松》)
有当时、纤手香凝。(同上)
凭阑处、潇潇雨歇。(岳飞《满江红》)
抬望眼、仰天长啸。(同上)
想当年、金戈铁马。(辛弃疾《永遇乐》)
凭谁问、廉颇老矣。(同上)
二十年、重过南楼。(刘过《唐多令》)
旧江山、浑是新愁。(同上)
自胡马、窥江去后。(姜夔《扬州慢》)
算而今、重到须惊。(同上)
波心荡、冷月无声。(同上)
常南望、翠葆霓旌。(张孝祥《六州歌头》)

3.2 拗 句

词句虽然大多数是律句，但是某些词谱又规定一些拗句，就是必须用拗，不能用律。例如：

四字句

仄仄仄平。
换尽旧人。(陆游《沁园春》)
平仄平仄。
孙仲谋处。(辛弃疾《永遇乐》)
仄平仄仄。
尚能饭否？(同上)

五字句

仄平平仄平①。
有人楼上愁。（李白《菩萨蛮》）
日长飞絮轻。（晏殊《破阵子》）
笑从双脸生。（同上）
平仄仄平仄。
烟柳断肠处。（辛弃疾《摸鱼儿》）

六字句

仄平平仄平仄。（第一字必仄）
一时多少豪杰。（苏轼《念奴娇》）
一樽还酹江月。（同上）
⊕平⊕仄平仄。
关河梦断何处。（陆游《诉衷情》）
平平平仄平仄。（第一、第三字必平）
蛾眉曾有人妒。（辛弃疾《摸鱼儿》）
铜仙铅泪如洗。（王沂孙《齐天乐》）
平平仄平平仄。
年年翠阴庭树。（王沂孙《齐天乐》）

七字句

⊗仄⊗平平平仄。
唤取谪仙平章看。（张元干《贺新郎》）

---

① 这是孤平拗救，虽然词谱说第一字可平，实际上以仄声为正格。

仄平平仄仄平仄。
　　为谁娇鬓尚如许。（王沂孙《齐天乐》）
　　⊕仄⊕仄仄平平。
　　何事常向别时圆。（苏轼《水调歌头》）
　　⊕⊕仄、平平仄平。
　　被白发、欺人奈何。（辛弃疾《太常引》）
　　人道是、清光更多。（同上）

　　当然，所谓"拗句"，只是对律句而言的说法。其实就词来说，既然词谱规定了这些句型，那就应该说这不是拗句，而是正格了。

第四章　词的对仗

词的对仗,没有硬性规定。只要前后两句字数相等,就可以用对仗,也可以不用对仗。只有少数词谱,习惯上是要用对仗的。例如:

一、《西江月》前后阕第一、二两句:

　　明月别枝惊鹊,清风半夜鸣蝉。
　　七八个星天外,两三点雨山前。(辛弃疾)

二、《浣溪沙》第四、五两句:

　　无可奈何花落去,似曾相识燕归来。(晏殊)

三、《沁园春》前阕第八、九两句,后阕第七、八两句:

　　载酒园林,寻花巷陌。
　　躲尽危机,消残壮志。(陆游)

四、《诉衷情》后阕第一、二句:

　　胡未灭,鬓先秋。(陆游)

五、《念奴娇》前阕第五、六两句：

乱石穿空，惊涛拍岸。（苏轼）

六、《水调歌头》后阕第五、六两句：

人有悲欢离合，月有阴晴圆缺。（苏轼）

七、《鹧鸪天》前阕第三、四两句：

一春鱼鸟无消息，千里关山劳梦魂。（秦观）

八、《齐天乐》后阕第四、五两句：

病翼惊秋，枯形阅世。（王沂孙）

九、《满江红》前阕第五、六两句，后阕第六、七两句：

三十功名尘与土，
八千里路云和月。
壮志饥餐胡虏肉，
笑谈渴饮匈奴血。（岳飞）

十、《望海潮》前后阕第四、五两句，又前阕第十、十一两句：

烟柳画桥，风帘翠幕。
市列珠玑，户盈罗绮。
羌管弄晴，菱歌泛夜。（柳永）

十一、《长相思》前后阕第一、二两句：

　　汴水流，泗水流。
　　思悠悠，恨悠悠。（白居易）

十二、《相见欢》后阕第一、二两句：

　　剪不断，理还乱。（李煜）

十三、《桂殿秋》第一、二两句，又第四、五两句：

　　秋色里，月明中。
　　蟠桃已结瑶池露，桂子初开玉殿风。（向子諲）

十四、《破阵子》前后阕第一、二两句，又第三、四两句：

　　醉里挑灯看剑，梦回吹角连营。
　　八百里分麾下炙，五十弦翻塞外声。
　　马作的卢飞快，弓如霹雳弦惊。
　　了却君王天下事，赢得生前身后名。（辛弃疾）

十五、《阮郎归》后阕第一、二两句：

　　兰佩紫，菊簪黄。（晏几道）

有些词谱的对仗更随便，更自由，可对可不对。下面所举的例子，就是可对可不对的：

一、《桂枝香》前阕第八、九两句：

彩舟云淡，星河鹭起。（王安石）

二、《清平乐》后阕第一、二两句：

大儿锄豆溪东，中儿正织鸡笼。（辛弃疾）

三、《诉衷情》后阕末两句：

心在天山，身老沧洲。（陆游）

四、《风入松》前后阕末两句：

料峭春寒中酒，交加晓梦啼莺。
惆怅双鸳不到，幽阶一夜苔生①。（吴文英）

五、《一剪梅》前后阕第二、三两句和第五、六两句：

江上舟摇，楼上帘招。
风又飘飘，雨又潇潇。
银字筝调，心字香烧。
红了樱桃，绿了芭蕉！（蒋捷）

六、《生查子》前阕末两句：

月上柳梢头，人约黄昏后。（朱淑真）

七、《江城子》前后阕第二、三两句：

---

① 这一联半对半不对。

左牵黄,右擎苍①。(苏轼)

八、《苏幕遮》前后阕第一、二句:

碧云天,黄叶地。
黯乡魂,追旅思。(范仲淹)

九、《最高楼》前阕第四、五两句,第六、七两句,第九、十两句;后阕第一、二两句,第三、四两句,第五、六两句,第八、九两句:

八音相应谐韶乐,一声未了落梁尘。
轻郢客,重巴人。
只少个、绿珠横玉笛,
更少个、雪儿弹锦瑟。
欺贺晏,压黄秦。
可怜樵唱并菱曲,不逢御手与龙巾。
篷底月,瓮间春。(刘克庄)

十、《石州慢》前阕第一、二两句,后阕第二、三两句:

薄雨收寒,斜照弄晴。
画楼芳酒,红泪清歌。(贺铸)

十一、《六州歌头》前阕第三、四两句,第八、九两句,第十、十一两句:

---

① 苏轼在后阕没有用对仗。

> 征尘暗，霜风劲。
> 殆天数，非人力。
> 洙泗上，弦歌地。（张孝祥）

有时候，不是两句对仗，而是三句排比。但这种情况是少见的。例如：

> 时易失，心徒壮，岁将零。（张孝祥《六州歌头》）

如果四字句是上一下三，应该看作三字句与下面三字句对仗，上一字不算在对仗之内。例如：

> 念腰间箭，匣中剑。（张孝祥《六州歌头》）

如果五字句是上一下四，应该看作四字句与下面四字句对仗，上一字不算在对仗之内。例如：

> 有三秋桂子，十里荷花。（柳永《望海潮》）
> 幸眼明身健，茶甘饭软。（陆游《沁园春》）
> 纵豆蔻词工，青楼梦好。（姜夔《扬州慢》）
> 但荒烟衰草，乱鸦斜日。（萨都剌《满江红》）

有一种对仗，叫做扇面对，就是把两句作为上联，两句作为下联，四句构成一个对仗。这种扇面对往往出现在《沁园春》中，特别值得注意。例如：

> 甚云山自许，平生意气；
> 衣冠人笑，抵死尘埃。
> 要小舟行钓，先应种柳；

疏篱护竹,莫碍观梅。
(辛弃疾《沁园春·带湖新居初成》)

正惊湍直下,跳珠倒溅;
小桥横截,缺月初弓。
似谢家子弟,衣冠磊落;
相如庭户,车骑雍容。
(辛弃疾《沁园春·灵山齐庵赋》)

唤厨人斫就,东溟鲸脍;
圉人呈罢,西极龙媒。
叹年光过尽,功名未立;
书生老去,机会方来。
(刘克庄《沁园春·梦孚若》)

古体诗中的对仗,不避同字相对。词也一样,某些词谱是不避同字相对的。例如:

人有悲欢离合,月有阴晴圆缺。(苏轼《念奴娇》)
汴水流,泗水流。
思悠悠,恨悠悠。(白居易《长相思》)

大儿锄豆溪东,中儿正织鸡笼。(辛弃疾《清平乐》)

江上舟摇,楼上帘招。
风又飘飘,雨又潇潇。
银字筝调,心字香烧。
红了樱桃,绿了芭蕉。(蒋捷《一剪梅》)

只少个、绿珠横玉笛,
更少个、雪儿弹锦瑟。(刘克庄《最高楼》)

律诗的对仗,上联的平仄和下联的平仄是对立的。词的对仗有两个类型:第一个类型和律诗的平仄一样,平对仄,仄对平;第二个类型和律诗的平仄不一样,或者上下联平仄完全相同,或者以平仄脚对仄仄脚,或者以平仄脚对平平脚,或者以平平脚对平仄脚。这些都是词谱里规定了的。关于第二类型的对仗,举例如下:

一、上下联平仄完全相同者:

人有悲欢离合,月有阴晴圆缺。(苏轼《水调歌头》)
江上舟摇,楼上帘招。(蒋捷《一剪梅》)
左牵黄,右擎苍。(苏轼《江城子》)
征尘暗,霜风劲。(张孝祥《六州歌头》)
荒烟衰草,乱鸦斜日。(萨都剌《满江红》)
眼明身健,茶甘饭软。(陆游《沁园春》)

二、以平仄脚对仄仄脚者:

三十功名尘与土,
八千里路云和月。(岳飞《满江红》)

三、以平仄脚对平平脚者:

月上柳梢头,
人约黄昏后[①]。(朱淑真《生查子》)

[①] 字下的圆圈表示上下联平仄相同。

四、以平平脚对平仄脚者：

八音相应谐韶乐，
一声未了落梁尘。（刘克庄《最高楼》）
可怜樵唱并菱曲，
不逢御手与龙巾。（同上）

诗词格律十讲

第一讲　诗韵和平仄

第二讲　五言绝句

第三讲　七言绝句

第四讲　五言律诗和长律

第五讲　七言律诗

第六讲　平仄的变格

第七讲　对　仗

第八讲　古　风

第九讲　词牌和词谱

第十讲　词韵和平仄

答读者问

第一讲　诗韵和平仄

诗写下来不是为了看的,而是为了"吟"的。古人所谓"吟",跟今天所谓朗诵差不多。因此,诗和声律就发生了极其密切的关系。诗词的格律主要就是声律,而所谓声律只有两件事:第一是韵,第二是平仄。其中尤以平仄的规则最为重要;可以说没有平仄规则就没有诗词格律。现在先请大家读几首唐诗:

登鹳雀楼　　王之涣

白日依山尽,黄河入海流。
欲穷千里目,更上一层楼。

相　思　　王　维

红豆生南国,春来发几枝。
愿君多采撷,此物最相思。

江南曲　　李　益

嫁得瞿塘贾,朝朝误妾期。
早知潮有信,嫁与弄潮儿!

（"贾"读 gǔ）

这是三首五言绝句。在这些诗里,逢双句押韵。所谓押韵,就是把同一收音的字放在同一位置上,一般是放在句尾。韵的作用是构成声音的回环,也就是形成一种音乐美。例如《登鹳雀楼》,"流"字读liú(=lióu),"楼"字读lóu,都是收音于ou的;《相思》,"枝"字读zhī,"思"字读sī,都是收音于i的。这就显得非常和谐了。

有时候,依照现代普通话的语音去读并不和谐,这是因为时代不同,语音有了发展。例如《江南曲》,"期"字读qí,①"儿"字读ér,很不和谐,但是如果依照上海话的白话音来读"儿"字,就十分和谐了,因为上海白话"儿"字念ní,在很大程度上保存了唐代的古音。

至于讲到平仄规则,就必须先说明什么是平仄。古代有四个声调,即平声、上声、去声、入声。平声以外,其余三声都是仄声(仄就是不平的意思)。平声大约是比较长的音,而且是一个平调,不升也不降;其余三声大约是比较短的音,有升有降,因此形成了平仄的对立。诗人们利用这种对立来造成诗的节奏美。

上面所引的三首五言绝句是依照同一个平仄格式写成的。每首只有二十个字,其平仄格式如下:

⊗仄平平仄　平平仄仄平
　　　　　　　　　△
⊕平平仄仄　⊗仄仄平平
　　　　　　　　　△
(字外加圈表示可平可仄,字下加"△"表示押韵,下同。)

有一件事值得注意:在普通话里,平声已经分化为阴平和阳平;入声已经消失了,分别归入阴平、阳平、上声和去声。平声好办,只要把阴平和阳平同等看待就是了。入声归

---

① "期"旧读qí。

入上声、去声的也都好办，反正上、去两声也都是仄声。惟有归入阴平、阳平的入声字就非查字典不可（可查商务印书馆出版的《同音字典》）。大概平仄格式上标明仄声而普通话读平声的字，多半是古入声。这三首诗中的入声字是"白"、"日"、"入"、"欲"、"目"、"一"、"国"、"发"、"褟"、"物"、"得"、"妾"。特别值得注意的是"国"、"发"、"褟"、"得"，它们在普遍话里都变了平声，而它们所在的位置是规定要用仄声字的。

这三首诗是严格地依照平仄格式写成的。一般地说，每句的第一个字可以不拘平仄。试看第一句第一字，"白"、"嫁"是仄，而"红"是平；第三句和第四句的第一字，这里三首诗都用了仄声，但是在其他唐诗中也有用平声的。惟独像"平平仄仄平"这样一个五言平仄句式（在这三首诗中是第二句），第一个字就只能用平声，不能用仄声。否则叫做"犯孤平"。

这一讲所讲的是最基本的东西。讲的虽然是五言，但是可以类推到七言。讲的虽然是绝句，但是可以见类推到律诗。讲的虽然是诗，但是可以类推到词。

第二讲　五言绝句

　　绝句都是四句。五言绝句可以分为律绝和古绝两种。现在先谈律绝。律绝一般只用平声韵，而平仄格式则有四种。第一讲里所讲的平仄格式是第一种：

　　　　⊗仄平平仄　　平平仄仄平△
　　　　⊕平平仄仄　　⊗仄仄平平△

　　这里有四种句式：第一种句式是平仄脚，第二种句式是仄平脚，第三种句式是仄仄脚，第四种句式是平平脚。这四种句式是所有变化的基础，四种五言绝句都是由这四种句式错综变化而成的。
　　第二种五言绝句只是把第一种的前半首和后半首对调了一下：

　　　　⊕平平仄仄　　⊗仄仄平平△
　　　　⊗仄平平仄　　平平仄仄平△

听　筝　李　端

　　鸣筝金粟柱，素手玉房前。
　　欲得周郎顾，时时误拂弦。

第三种五言绝句基本上和第一种相同，只因首句用韵，所以首句改为平平脚：

⊗仄仄平平　平平仄仄平
⊕平平仄仄　⊗仄仄平平

塞下曲　卢纶

月黑雁飞高，单于夜遁逃。
欲将轻骑逐，大雪满弓刀。

（"单"读chán）

行宫　元稹

寥落古行宫，宫花寂寞红。
白头宫女在，闲坐说玄宗。

溪居　裴度

门径俯清溪，茅檐古木齐。
红尘飞不到，时有水禽啼。

第四种五言绝句基本上和第二种相同，只因首句用韵，所见首句改为仄平脚：

平平仄仄平　⊗仄仄平平
⊗仄平平仄　平平仄仄平

闺人赠远　王涯

花明绮陌春，柳拂御沟新。
为报辽阳客，流光不待人。

在四种平韵五言律绝当中，以第一种为最常见，其次是第三种。其余两种都是少见的。除了平韵律绝之外，还有一些仄韵律绝。现在只举一个例子：

⊕平平仄仄　⊕仄平平仄
⊕仄仄平平　⊕平平仄仄

忆旧游　　顾　况

悠悠南国思，夜向江南泊。
楚客断肠时，月明枫子落。

（"思"读 sì）

律绝只有四种句式，即使是仄韵的五言律绝，也不超出这个范围。依照这四种句式写成的诗句称为律句，凡不用或基本上不用律句的五言绝句可以称为"古绝"。古绝不拘平仄；在押韵方面既可押平声韵，也可押仄声韵。例如：

夜　思　　李　白

床前明月光，疑是地上霜。
举头望明月，低头思故乡。

拜新月　　李　端

开帘见新月，即便下阶拜。
细语人不闻，北风吹裙带。

《夜思》是平声韵，《拜新月》是仄声韵。"疑是"句"平仄仄仄平"，"细语"句"仄仄平仄平"，"北风"句"仄平平平仄"，都不是律句。

第三讲　七言绝句

七言绝句也是四句，总共二十八个字。七言律绝是以五言律绝为基础的。跟五言律绝一样，七言律绝共有四种平仄句式，这只是在五字句的前面加两个音：如果是仄起的五字句，就把它变成平起的七字句；如果是平起的五字句，就把它变成仄起的七字句。试看下面的比较表：

1. 平仄脚：

五字句——□□(仄)仄平平仄
七字句——(平)平(仄)仄平平仄

2. 仄平脚：

五字句——□□平平仄仄平
七字句——(仄)仄平平仄仄平

3. 仄仄脚：

五字句——□□(平)平平仄仄
七字句——(仄)仄(平)平平仄仄

4. 平平脚：

五字句——□□⊘仄仄平平
七字句——⊘平⊘仄仄平平

七言绝句也有四种平仄格式，跟五言绝句是相一致的。不过，七言绝句以首句押韵为比较常见，所以次序应该改变一下。第一种七言绝句是：

⊘平⊘仄仄平平　⊘仄平平仄仄平
⊘仄⊘平平仄仄　⊘平⊘仄仄平平

早发白帝城　　李　白

朝辞白帝彩云间，千里江陵一日还。
两岸猿声啼不住，轻舟已过万重山。

题金陵渡　　张　祜

金陵津渡小山楼，一宿行人自可愁。
潮落夜江斜月里，两三星火是瓜州。

将赴呈兴登乐游原　　杜　牧

清时有味是无能，闲爱孤云静爱僧。
欲把一麾江海去，乐游原上望昭陵。

泊秦淮　　杜　牧

烟笼寒水月笼沙，夜泊秦淮近酒家。
商女不知亡国恨，隔江犹唱后庭花。

第二种七言绝句是把第一种的前半首和后半首对调,并且使首句仍然收平脚,第三句仍然收仄脚:

⊗仄平平仄仄平　⊕平⊗仄仄平平
⊗平⊗仄平平仄　⊕仄平平仄仄平

芙蓉楼送辛渐　　王昌龄

寒雨连江夜入吴,平明送客楚山孤。
洛阳亲友如相问,一片冰心在玉壶。

乌衣巷　　刘禹锡

朱雀桥边野草花,乌衣巷口夕阳斜。
旧时王谢堂前燕,飞入寻常百姓家。

赤　壁　　杜　牧

折戟沉沙铁未消,自将磨洗认前朝。
东风不与周郎便,铜雀春深锁二乔!

秋　夕　　杜　牧

银烛秋光冷画屏,轻罗小扇扑流萤。
天阶夜色凉如水,坐看牵牛织女星。

第三种七言绝句是第一种的变相,只是把首句改为不押韵(这一种比较少见):

⊕平⊗仄平平仄　⊗仄平平仄仄平
⊗仄⊕平平仄仄　⊕平⊗仄仄平平

忆江柳　　白居易

曾栽杨柳江南岸，一别江南两度春。
遥忆青青江岸上，不知攀折是何人！

第四种七言绝句是第二种的变相，只是把首句改为不押韵：

　　ⓧ仄ⓟ平平仄仄　　ⓟ平ⓧ仄仄平平
　　　　　　　　　　　　　　　△
　　ⓟ平ⓧ仄平平仄　　ⓟ仄平平仄仄平
　　　　　　　　　　　　　　　△

九月九日忆山东兄弟　　王　维

独在异乡为异客，每逢佳节倍思亲。
遥知兄弟登高处，遍插茱萸少一人。

夜上受降城闻笛　　李　益

回乐峰前沙似雪，受降城外月如霜。
不知何处吹芦管，一夜征人尽望乡。

仄韵七绝颇为罕见，这里不举例了。

七言绝句每句的第一字是不拘平仄的，第三字在许多情况下也不拘平仄，因此相传有这样一个口诀："一三五不论，二四六分明。"但是，这个口诀是不全面的：在正常的情况下，第五字不能不论；更重要的是仄平脚的句子第三字不能不论，否则犯了孤平。凡是不合于这里所讲的都是变格，在第六讲里还要谈到。

第四讲　五言律诗和长律

我们在第二讲中讲了五言绝句，这里再讲五言律诗就非常好懂了。五言律诗共有八句，四十个字，比五言绝句（指律绝）的字数多一倍，可以说两首五言绝句合起来就是一首五言律诗。按发展情况说，应该说五言绝句是五言律诗的一半；但是，为了说明的方便，我们说五言律诗是五言绝句的双倍也未尝不可。

跟五言绝句一样，五言律诗也有四种平仄格式。第一种五言律诗等于第一种五言绝句的两首：

⑻仄平平仄　　平平仄仄平△
⑰平平仄仄　　⑻仄仄平平△
⑻仄平平仄　　平平仄仄平△
⑰平平仄仄　　⑻仄仄平平△

塞下曲　　李　白

五月天山雪，无花只有寒。
笛中闻折柳，春色未曾看。
晓战随金鼓，宵眠抱玉鞍。
愿将腰下剑，直为斩楼兰。

（"看"读 kān）

春 望　　杜 甫

国破山河在，城春草木深。
感时花溅泪，恨别鸟惊心。
烽火连三月，家书抵万金。
白头搔更短，浑欲不胜簪。

（"胜"读 shēng）

第二种五言律诗等于第二种五言绝句的两首：

　⊕平平仄仄　⊗仄仄平平
　⊗仄平平仄　平平仄仄平△
　⊕平平仄仄　⊗仄仄平平△
　⊗仄平平仄　平平仄仄平△

山居秋暝　　王 维

空山新雨后，天气晚来秋。
明月松间照，清泉石上流。
竹喧归浣女，莲动下渔舟。
随意春芳歇，王孙自可留。

新春江次　　白居易

浦乾潮未应，堤湿冻初销。
粉片妆梅朵，金丝刷柳条。
鸭头新绿水，雁齿小红桥。
莫怪珂声碎，春来五马骄。

第三种五言律诗等于第三种五言绝句加第一种五言绝句：

```
⊘仄仄平平  平平仄仄平
⊕平平仄仄  ⊘仄仄平平
⊘仄平平仄  平平仄仄平
⊕平平仄仄  ⊘仄仄平平
```

终南山　王　维

太乙近天都，连山到海隅。
白云回望合，青霭入看无。
分野中峰变，阴晴众壑殊。
欲投人处宿，隔水问樵夫。

（"看"读kān）

月夜忆舍弟　杜　甫

戍鼓断人行，边秋一雁声。
露从今夜白，月是故乡明。
有弟皆分散，无家问死生。
寄书长不达，况乃未休兵！

第四种五言律诗等于第四种五言绝句加第二种五言绝句（这一种比较少见）：

```
平平仄仄平  ⊘仄仄平平
⊕仄平平仄  平平仄仄平
⊕平平仄仄  ⊘仄仄平平
⊘仄平平仄  平平仄仄平
```

风　雨　李商隐

凄凉宝剑篇，羁泊欲穷年。
黄叶仍风雨，青楼自管弦。

新知遭薄俗,旧好隔良缘。
心断新丰酒,销愁斗几千!

律诗中间四句要用对仗。所谓对仗,就是名词对名词,形容词对形容词,动词对动词,副词对副词等。关于对仗,后面还要专题讨论。

长律是超过八句的律诗,有长到一百六十韵的。两句一押韵,一百六十韵就是一千六百个字。有一种试帖诗规定五言六韵(清代规定五言八韵),那是应科举时写的。例如:

湘灵鼓瑟　　钱　起

善鼓云和瑟,常闻帝子灵。
冯夸空自舞,楚客不堪听。
苦调凄金石,清音入杳冥。
苍梧来怨慕,白芷动芳馨。
流水传湘浦,悲风过洞庭。
曲终人不见,江上数峰青。

长律的平仄很容易知道,因为它只是把五言绝句加起来。例如五言六韵的长律就等于三首五言绝句。除头两句和末两句以外,中间各句都是要用对仗的。长律一般只是五言诗;七言长律是非常罕见的。

第五讲　七言律诗

七言律诗，就其平仄格式说，是七言绝句的扩展。七言律诗共有八句，五十六个字，比七言绝句的字数多一倍，正好把两首七绝合成一首七律。七言律诗也有四种平仄格式。第一种七律等于第一种七绝加第三种七绝：

⊕平⊕仄仄平平　⊕仄平平仄仄平
⊕仄⊕平平仄仄　⊕平⊕仄仄平平
⊕平⊕仄平平仄　⊕仄平平仄仄平
⊕仄⊕平平仄仄　⊕平⊕仄仄平平

望蓟门　　祖咏

燕台一去客心惊，笳鼓喧喧汉将营。
万里寒光生积雪，三边曙色动危旌。
沙场烽火侵胡月，海畔云山拥蓟城。
少小虽非投笔吏，论功还欲请长缨。

钱塘湖春行　　白居易

孤山寺北古亭西，水面初平云脚低。
几处早莺争暖树，谁家新燕啄春泥？

乱花渐欲迷人眼,浅草才能没马蹄。
最爱湖东行不足,绿杨阴里白沙堤。

第二种七律等于第二种七绝加第四种七绝:

```
(仄)仄平平仄仄平    (平)平(仄)仄仄平平
(平)平(仄)仄平平仄    (仄)仄平平仄仄平
(仄)仄(平)平平仄仄    (平)平(仄)仄仄平平
(平)平(仄)仄平平仄    (仄)仄平平仄仄平
```

登柳州城楼寄漳汀封连四州刺史　柳宗元

城上高楼接大荒,海天愁思正茫茫。
惊风乱飐芙蓉水,密雨斜侵薜荔墙。
岭树重遮千里目,江流曲似九回肠。
共来百粤文身地,犹是音书滞一乡!

("思"读 sì)

无　题　李商隐

相见时难别亦难,东风无力百花残。
春蚕到死丝方尽,蜡炬成灰泪始干。
晓镜但愁云鬓改,夜吟应觉月光寒。
蓬莱此去无多路,青鸟殷勤为探看。

("看"读 kān)

第三种七律等于第三种七绝的两首:

```
(平)平(仄)仄平平仄    (仄)仄平平仄仄平
(仄)仄(平)平平仄仄    (平)平(仄)仄仄平平
```

⊕平⊗仄平平仄　⊗仄平平仄仄平
⊗仄⊕平平仄仄　⊕平⊗仄仄平平
　　　　　△

客至　　杜甫

舍南舍北皆春水，但见群鸥日日来。
花径不曾缘客扫，蓬门今始为君开。
盘飧市远无兼味，樽酒家贫只旧醅。
肯与邻翁相对饮，隔篱呼取尽余杯。

遣悲怀　　元稹

谢公最小偏怜女，自嫁黔娄百事乖。
顾我无衣搜荩箧，泥他沽酒拔金钗。
野蔬充膳甘长藿，落叶添薪仰古槐。
今日俸钱过十万，与君营奠复营斋！

（"过"读 guō）

第四种七律等于第四种七绝的两首：

⊗仄⊕平平仄仄　⊕平⊗仄仄平平
⊕平⊗仄平平仄　⊗仄平平仄仄平
⊗仄⊕平平仄仄　⊕平⊗仄仄平平
⊕平⊗仄平平仄　⊗仄平平仄仄平
　　　　　　　　　　△

阁夜　　杜甫

岁暮阴阳催短景，天涯霜雪霁寒宵。
五更鼓角声悲壮，三峡星河影动摇。
野哭千家闻战伐，夷歌几处起渔樵。
卧龙跃马终黄土，人事音书漫寂寥。

闻官军收河南河北　　杜　甫

剑外忽传收蓟北,初闻涕泪满衣裳。
却看妻子愁何在?漫卷诗书喜欲狂!
白日放歌须纵酒,青春作伴好还乡。
即从巴峡穿巫峡,便下襄阳向洛阳。

（"看"读kān）

七律跟五律一样,中间四句要用对仗;至于头两句和末两句,一般不用对仗。特别是末两句,像杜甫的《闻官军收河南河北》那样的情况是很少见的。

讲到这里,我们可以把律诗、绝句的平仄规则总结一下。平仄有"对"的规则和"黏"的规则。单句称为出句,双句称为对句;出句和对句加起来叫一联。第一联称为首联,第二联称为颔联,第三联称为颈联,第四联称为尾联。出句的平仄和对句的平仄必须是相反的,叫做对。下联出句的平仄和上联对句的平仄必须是相同的,叫做黏。当然,在"黏"的时候,第五、七两字（在五言则是第三、五两字）的平仄不可能相同;在"对"的时候,如果首句入韵,首联出句和对句第五、七两字（在五言则是第三、五两字）也不可能相对。总之,我们可以拿每句的第二字作为衡量黏对的标准。

知道了黏对的道理,要背诵口诀（平仄格式）就不难了。只要知道了第一句的平仄,全首诗的平仄都可只按照黏对的规则背诵如流。即使是百韵长律,也不会背错一个字。

违反黏的规则叫"失黏"(广义的"失黏"指的是不合平仄,这里用的是狭义);违反对的规则叫"失对"。唐人偶尔有不黏的律诗、绝句（如王维的《渭城曲》),但是不足为训,因为一般的律诗、绝句总是黏的。至于失对,则是更大的毛病,从唐宋直到近代人的诗集中,是找不到失对的例子的。

第六讲　平仄的变格

上面说过，前人做律诗、绝句有个口诀是："一三五不论。"这是就七言说的；如果是五言，那就应该是"一三不论"。其实仄平脚的五言第一字或七言第三字不能不论，否则犯孤平。至于五言第三字，七言第五字，按常规来说，也是要论的，但是在这些地方可以有变格，就是在本该用平声的地方也可以用仄声，在本该用仄声的地方也可以用平声。例如：

次北固山下　王　湾

客路青山下，行舟绿水前。
潮平两岸阔，风正一帆悬。
海日生残夜，江春入旧年。
乡书何处达？归雁洛阳边。

送友人　李　白

青山横北郭，白水绕东城。
此地一为别，孤蓬万里征。
浮云游子意，落日故人情。
挥手自兹去，萧萧班马鸣。

蜀　相　　杜　甫

丞相祠堂何处寻？锦官城外柏森森！
映阶碧草自春色，隔叶黄鹂空好音。
三顾频烦天下计，两朝开济老臣心。
出师未捷身先死，长使英雄泪满襟！

（字下有"。"的是变格的不拘平仄的字。）

值得注意的是：如果是平平脚，五言第三字、七言第五字仍以用仄声为宜，否则末三字变成"平平平"，而三字尾连用三个平声是古风的特点（见第八讲），律诗、绝句最好不要用它。

现在讲到三种特别的句式。这三种句式是不合于前面五讲中所列的平仄格式的，然而它们是律诗、绝句所容许的。

（1）五言出句二、四字同平，七言出句四、六字同平。——依前面五讲的说法，仄仄脚的律句，在五言是"⊕平平仄仄"，在七言是"⊕仄⊕平平仄仄"；但是，这个格式有一个最常用的变格，就是：

五言：平平仄平仄

七言：⊕仄平平仄平仄

这是把五言第三、四两字的平仄对调，七言第五、六两字的平仄对调。对调以后，五言第一字、七言第三字不再是不拘平仄的，而是必须用平声。例如：

杜少府之任蜀州　　王　勃

城阙辅三秦，风烟望五津。
与君离别意，同是宦游人。
海内存知己，天涯若比邻。
无为在歧路，儿女共沾巾。

（字下有"·"的是变格的句子，下同。）

月　夜　　杜　甫

今夜鄜州月，闺中只独看。
遥怜小儿女，未解忆长安。
香雾云鬟湿，清辉玉臂寒。
何时倚虚幌，双照泪痕干？

（"看"读 kān）

咏怀古迹（其三）　　杜　甫

群山万壑赴荆门，生长明妃尚有村。
一去紫台连朔漠，独留青冢向黄昏。
画图省识春风面，环佩空归月夜魂。
千载琵琶作胡语，分明怨恨曲中论！

这种句式多数被用在尾联的出句，即律诗的第七句，绝句的第三句。

（2）五言出句二、四字同仄，七言出句四、六字同仄。——依前面五讲的说法，平仄脚的律句，在五言是"仄仄平平仄"，在七言是"平平仄仄平平仄"；但是，这个格式也有一个变格，就是：

五言：仄仄平仄仄
七言：平平仄仄平仄仄

这里五言第二、四两字都用仄声（全句可以有四仄，甚至五仄），七言第四、六两字都用仄声。但是，有一个附带的条件，就是五言对句第三字，七言对句第五字必须用平声。例如：

与诸子登岘山　　孟浩然

人事有代谢，往来成古今。
江山留胜迹，我辈独登临。

水落鱼梁浅,天寒梦泽深。
羊公碑尚在,读罢泪沾襟。

草　　白居易

离离原上草,一岁一枯荣。
野火烧不尽,春风吹又生。
远芳侵古道,晴翠接荒城。
又送王孙去,萋萋满别情。

夜泊水村　　陆　游

腰间羽箭久雕零,太息燕然未勒铭。
老子犹堪绝大漠,诸君何至泣新亭?
一身报国有万死,双鬓向人无再青!
记取江湖泊船处,卧闻新雁港寒汀。

("燕"读yān)

讲到这里,我们知道"二四六分明"的口诀也不完全适用了。

(3)孤平拗救。——所谓孤平,指的是五字句的"仄平仄仄平",七字句的"仄仄仄平仄仄平"。由于除了韵脚以外,只剩一个平声字,所以叫做孤平。凡不合平仄的句子叫做拗句。拗句和律句是反义词。孤平的句子也是拗句的一种。但是,拗句可以补救。补救的办法是:前面本该用平声的地方用了仄声,就在后面适当的位置用上一个平声以为抵偿。所谓孤平拗救,是指仄平脚的句子五言第一字用仄,第三字用平;七言第三字用仄,第五字用平,即:

五言:仄平平仄平
七言:⊗仄仄平平仄平

试看下面的例子:

夜泊山寺　　李　白

危楼高百尺，手可摘星辰。
不敢高声语，恐惊天上人。
（"恐"字系仄声，下面用平声"天"字来补救。）

回乡偶书　　贺知章

少小离家老大回，乡音无改鬓毛摧。
儿童相见不相识，笑问客从何处来。
（"客"字系仄声，下面用平声"何"字来补救。）

孤平拗救常常和二、四字同仄的出句（在七言则是四、六字同仄）同时并用，像上文所引孟浩然的"往来成古今"、陆游的"双鬓向人无再青"都是这样。这样，倒数第三字（如孟诗的"成"字，陆诗的"无"字）所用的平声非常吃重，它一方面用于孤平拗救，另一方面还被用来补偿出句所缺乏的平声。总的原理是律诗、绝句不能用过多的仄声字。上文所讲第一种特殊句式，五言第三字用了仄声，第四字就必须补一个平声，而且第一字不能再用仄声，也是这个道理。

我们应该把变格和例外区别开来。变格是律诗所容许的格式，甚至能用于试帖诗；例外则是偶然出现的，如杜甫的"昔闻洞庭水"，孟浩然的"八月湖水平"。有时候，诗人可以写一些古风式的律诗，完全不拘平仄，叫做"拗体"。仅拗体是罕见的，这里不详细讨论了。

平仄的变格相当复杂，我们了解这个，主要是为了欣赏古人的律诗、绝句。至于自己写诗，自然不一定要用变格。

第七讲　对　仗

　　绝句用不用对仗是自由的；如果用对仗，一般用在首联。律诗中间两联必须用对仗；在唐人的律诗中偶然也有少到一联对仗的，那只是例外。至于对仗多到三联，则是相当常见的现象，特别是在首句不入韵的情况下是如此。三联对仗，常常是首联、颔联和颈联。例如：

旅夜书怀　杜　甫

细草微风岸，危樯独夜舟。
星垂平野阔，月涌大江流。
名岂文章著，官应老病休。
飘飘何所似？天地一沙鸥。

谷口书斋寄杨补阙　钱　起

泉壑带茅茨，云霞生薜帷。
竹怜新雨后，山爱夕阳时。
闲鹭栖常早，秋花落更迟。
家童扫萝径，昨与故人期。

野望　杜甫

西山白雪三城戍，南浦清江万里桥。
海内风尘诸弟隔，天涯涕泪一身遥。
惟将迟暮供多病，未有涓埃答圣朝。
跨马出郊时极目，不堪人事日萧条！

登高　杜甫

风急天高猿啸哀，渚清沙白鸟飞回。
无边落木萧萧下，不尽长江滚滚来。
万里悲秋常作客，百年多病独登台。
艰难苦恨繁霜鬓，潦倒新停浊酒杯！

对仗首先要求句型的一致。例如杜诗首联"细草微风岸"，这是一个没有谓语的句子，必须找另一个没有谓语的句子（这里是"危樯独夜舟"）来对它。又如颈联"名岂文章著"，"著名"这个动宾结构被拆开放在一句的两头；对句是"官应老病休"，"休官"这个动宾结构也拆开放在一句的两头，才算对上了。又如钱诗颔联"竹怜新雨后，山爱夕阳时"，"竹怜"不是真正的主谓结构，"山爱"也不是真正的主谓结构，实际上是"怜新雨后的竹，爱夕阳时的山"，这样它们的句型就一致了。

对仗要求词性相对，名词对名词，形容词对形容词，动词对动词，副词对副词，上文已经讲过了。此外还有三种特殊的对仗：第一是数目对，如"万里悲秋常作客，百年多病独登台"；第二是颜色对，如"客路青山下，行舟绿水前"；第三是方位对，如"西山白雪三城戍，南浦清江万里桥"。

名词还可只分为若干小类，如天文、时令、地理等。例如"星垂平野阔，月涌大江流"，"星"对"月"是天文对，"野"

对"江"是地理对。又如"海日生残夜,江春入旧年","夜"和"年"是时令对。

凡同一小类相对,词性一致,句型又一致,叫做工对(就是对得工整)。例如"青山横北郭,白水绕东城",这是工对。邻类相对也算工对,例如"一去紫台连朔漠,独留青冢向黄昏","朔"(北方)对"黄"是方位对颜色;又如"海日生残夜,江春入旧年","日"对"春"是天文对时令。两种事物常常并提的,也算工对,例如"感时花溅泪,恨别鸟惊心","花"对"鸟"是工对;"乱花渐欲迷人眼,浅草才能没马蹄","人"对"马"是工对。有所谓借对,这是借用同音字为对,例如"西山白雪三城戍,南浦清江万里桥","白"对"清"是借对,因为"清"与"青"同音。

凡五字句有四个字对得工整,也就算得工对。例如"星垂平野阔,月涌大江流",虽然"阔"是形容词,"流"是动词,也算工对。又如"感时花溅泪,恨别鸟惊心",虽然"时"与"别"不属于同一个小类,其余四字已经非常工整,也就不必再计较了。七字句有四、五个字对得工整,也就算得工对。例如"无边落木萧萧下,不尽长江滚滚来","边"是名词,"尽"是动词,似乎不对,但是"无"对"不"被认为工整,而"无"字后面必须跟名词,"不"字后面必须跟动词或形容词,只能做到这样了。

有一种对仗是句中自对而后两句相对。这样的对仗就只要求句中自对的工整,不再要求两句相对的工整,只要词类相对就行了。例如"海内风尘诸弟隔,天涯涕泪一身遥","风"对"尘"、"涕"对"泪"已经很工整,"风尘"对"涕泪"就可以从宽了。又如"惟将迟暮供多病,未有涓埃答圣朝","迟"与"暮"相对,"涓"与"埃"相对,两句相对就可以从宽了。

过分追求对仗的工整会束缚思想。杰出的诗人能做到内容和形式的统一。一般说来，晚唐的对仗比盛唐的对仗工整，但是晚唐的诗不及盛唐的诗意境高超。可见片面地追求对仗的工整是不能达到写好诗的目的的。

第八讲　古　风

古风又称古体诗，它是跟律诗又称今体诗（或近体诗）对立的。古风的主要特点是：

（1）不但可见用平韵，而且可以用仄韵，又可以换韵；（2）用韵较宽，不受韵书的限制；（3）不拘平仄；（4）不拘对仗；（5）不拘字数。

试看下面两个例子：

月下独酌　李　白

花间一壶酒，独酌无相亲。
举杯邀明月，对影成三人。
月既不解饮，影徒随我身。
暂伴月将影，行乐须及春。
我歌月徘徊，我舞影零乱。
醒时同交欢，醉后各分散。
永结无情游，相期邈云汉。

望岳　杜　甫

岱宗夫如何？齐鲁青未了。
造化钟神秀，阴阳割昏晓。

  荡胸生曾云，决眦入归鸟。
  会当凌绝顶，一览众山小。

  应该注意，古风的字数可能与律诗的字数适相符合，但不能因此就认为是律诗。如杜甫的《望岳》虽然恰巧用了四十个字，但它用的是仄韵，而且不拘平仄，所以不是律诗。

  自从有了律诗以后，诗人们写古风的时候，尽可能少用律句，多用拗句，只求格调高古。拗句的平仄特点，主要是：五言二、四字同声，七言二、四字或四、六字同声。在上面所举的两首古风中，"花间"句、"举杯"句、"月既"句、"行乐"句、"我歌"句、"醒时"句、"相期"句、"岱宗"句、"齐鲁"句、"阴阳"句、"荡胸"句，都是二、四字同声的。

  如果从三字尾看，拗句有这样四种三字尾：（1）仄平仄；（2）仄仄仄；（3）平仄平；（4）平平平。

  在上面所举的两首古风中，"花间"句、"暂伴"句、"我舞"句、"醉后"句、"相期"句、"阴阳"句、"决眦"句、"会当"句、"一览"句，都是仄平仄收尾的；"月既"句是仄仄仄收尾的；"影徒"句、"行乐"句都是平仄平收尾的；"独酌"句、"对影"句、"醒时"句、"永结"句、"岱宗"句、"荡胸"句，都是平平平收尾的。这样，只剩下"造化"句是律句，诗人着意避免律句是很明显的。

  也有相反的情况，那就是所谓"入律的古风"。这种古风基本上用的是律句，而且在许多地方黏对合乎律诗的规定。例如：

桃源行　　王　维

  渔舟逐水爱山春，两岸桃花夹古津。
  坐看红树不知远，行尽青溪忽值人。

山口潜行始隈隩,山开旷望旋平陆。
遥看一处攒云树,近入千家散花竹。
樵客初传汉姓名,居人未改秦衣服。
居人共住武陵源,还从物外起田园。
月明松下房栊静,日出云中鸡犬喧。
惊闻俗客争来集,竞引还家问都邑。
平明闾巷扫花开,薄暮渔樵乘水入。
初因避地去人间,更问神仙遂不还。
峡里谁知有人事,世中遥望空云山。
不疑灵境难闻见,尘心未尽思乡县。
出洞无论隔山水,辞家终拟长游衍。
自谓经过旧不迷,安知峰壑今来变?
当时只记入山深,青溪几度到云林。
春来遍是桃花水,不辨仙源何处寻。

就上面这一首古风来看,可以说全首都是律句;其中有一大半是正常的律句,一小半是变格的律句。入律的古风在押韵上有一个特点,就是往往四句一换韵(有时是六句一换韵),而且是平韵和仄韵交替。这样就像许多首平韵七绝和仄韵七绝交织起来的长诗。白居易的《长恨歌》和《琵琶行》也可只算是入律的古风,不过不像这一首全用律句罢了。

古风分为五言古诗(简称五古)和七言古诗(简称七古)。上面所举李白的《月下独酌》、杜甫的《望岳》就是五古,王维的《桃源行》就是七古。此外还有一种杂言,又称长短句。杂言诗往往以七字句为主,夹杂着三字句、五字句,有时候还夹杂着四字句、六字句以至十字句。下面是杂言诗的一个例子:

兵车行　　杜甫

　　车辚辚,马萧萧,行人弓箭各在腰。耶娘妻子走相送,尘埃不见咸阳桥。牵衣顿足拦道哭,哭声直上干云霄。道傍过者问行人,行人但云点行频。或从十五北防河,便至四十西营田。去时里正与裹头,归来头白还戍边。边庭流血成海水,武皇开边意未已。君不闻汉家山东二百州,千村万落生荆杞!纵有健妇把锄犁,禾生陇亩无东西。况复秦兵耐苦战,被驱不异犬与鸡!长者虽有问,役夫敢申恨?且如今年冬,未休关西卒。县官急索租,租税从何出?信知生男恶,反是生女好。生女犹得嫁比邻,生男埋没随百草!君不见青海头,古来白骨无人收,新鬼烦冤旧鬼哭,天阴雨湿声啾啾。

杂言诗一般不另立一类,只归入七言古诗。

第九讲　词牌和词谱

词牌是词调的名称。所谓词调，包括词的字数、韵数以及平仄格式。凡举一首词为例，注明字数、押韵的地方，以及某字可平可仄等等，叫做词谱。

词也是长短句，但是它跟古风杂言诗的长短句不同，因为词的字数是固定的，韵数是固定的，平仄也是固定的。词人们依照词谱来写词，叫做"填词"。

词牌有《菩萨蛮》、《忆秦娥》、《忆江南》、《虞美人》、《浣溪沙》、《浪淘沙》、《清平乐》、《如梦令》、《蝶恋花》、《渔家傲》、《西江月》、《风入松》、《鹧鸪天》、《满江红》、《念奴娇》、《水调歌头》、《沁园春》、《凤凰台上忆吹箫》等等。词牌可以等于题目，如白居易的《忆江南》。但是，一般地说，词牌并不是词的题目。词可以没有题目；如果有题目，只注在词牌的下面。每一个词牌有一个词谱；也有多到几个词谱的，叫做"又一体"（但其中只有一种是常见的）。

现在试举《忆江南》为例：

忆江南（又名望江南）　　廿七字

平⊕仄，⊗仄仄平平。⊗仄⊕平平仄仄，⊕平⊗仄仄平平。⊗仄仄平平。
　△　　　　　△　　　　　　　　　△　　　　　△

（字外加圈表示可平可仄，字下加"△"表示押韵，下同。）

忆江南　　白居易

江南好，风景旧曾谙。日出江花红胜火，春来江水绿如蓝。能不忆江南？

忆江南　　温庭筠

梳洗罢，独倚望江楼。过尽千帆皆不是，斜晖脉脉水悠悠。肠断白苹洲。

望江南　　李　煜

多少恨，昨夜梦魂中。还似旧时游上苑，车如流水马如龙。花月正春风！

词有单调，有双调。单调不分段，《忆江南》就是单调的例子。双调分为两段，前段叫做前阕，后段叫做后阕。前后阕的字数、韵数、平仄格式往往是一致的，这就好像一个歌谱配上两首歌词。试举《浪淘沙》和《蝶恋花》为例：

浪淘沙　　五十四字

‖⊗仄仄平平，⊗仄平平。⊕平⊗仄仄平平。⊗仄⊕平平仄仄，⊗仄平平。‖

（‖号表示重复一次，下同。）

浪淘沙　　李　煜

帘外雨潺潺，春意阑珊。罗衾不耐五更寒。梦里不知身是客，一晌贪欢。

独自莫凭栏，无限江山。别时容易见时难。流水落花春去也，天上人间！

浪淘沙　　欧阳修

把酒祝东风，且共从容。垂杨紫陌洛城东。总是当时携手处，游遍芳丛。

聚散苦匆匆，此恨无穷。今年花胜去年红。可惜明年花更好，知与谁同！

蝶恋花（又名鹊踏枝）　　六十字

‖ 仄仄平平平仄仄。仄仄平平，仄仄平平仄。仄仄平平平仄仄。平平仄仄平平仄。‖

蝶恋花　　晏　殊

六曲阑干偎碧树。杨柳风轻，展尽黄金缕。谁把钿筝移玉柱？穿帘海燕双飞去。

满眼游丝兼落絮。红杏开时，一霎清明雨。浓睡觉来莺乱语，惊残好梦无寻处！

蝶恋花　　苏　轼

花褪残红青杏小。燕子飞时，绿水人家绕。枝上柳绵吹又少，天涯何处无芳草？

架上秋千墙外道。墙外行人，墙里佳人笑。笑渐不闻声渐杳，多情却被无情恼！

更常见的情况是：或者是前后阕的字数不完全相同，或者是平仄格式稍有变化，但是基本上还是一致的。试举《菩萨蛮》为例：

菩萨蛮　　四十四字

⊕平⊕仄平平仄，⊕平⊕仄平平仄。⊕仄仄平平，⊕平⊕仄平。

⊕平平仄仄，⊕仄仄平平仄。⊕仄仄平平，⊕平⊕仄平。

（这个词谱共用四个韵，并且是仄声韵和平声韵交替。前后阕末句不能犯孤平。）

菩萨蛮　　李　白（？）

平林漠漠烟如织，寒山一带伤心碧。暝色入高楼，有人楼上愁。

玉阶空伫立，宿鸟归飞急。何处是归程？长亭连短亭！

菩萨蛮（书江西造口壁）　　辛弃疾

郁孤台下清江水，中间多少行人泪？西北是长安，可怜无数山！

青山遮不住，毕竟东流去。江晚正愁余，山深闻鹧鸪。

又试举《忆秦娥》、《浣溪沙》等为例：

忆秦娥　　四十六字

平平仄，⊕平⊕仄平平仄。平平仄，⊕平⊕仄，仄平平仄。

⊕平⊕仄平平仄，⊕平⊕仄平平仄。平平仄，⊕平⊕仄，仄平平仄。

（前后阕第三句叠三字。）

忆秦娥　　李　白（？）

箫声咽，秦娥梦断秦楼月。秦楼月，年年柳色，灞陵伤别。

　　乐游原上清秋节，咸阳古道音尘绝。音尘绝，西风残照，汉家陵阙。

忆秦娥　　范成大

　　楼阴缺，阑干影卧东厢月。东厢月，一天风露，杏花如雪。

　　隔烟催漏金虬咽，罗帏暗淡灯花结。灯花结，片时春梦，江南天阔。

浣溪沙　　四十二字

⊕仄平平仄仄平△，⊕平⊕仄仄平平△。⊕平⊕仄仄平平△。
⊕仄⊕平平仄仄，⊕平⊕仄仄平平△。⊕平⊕仄仄平平△。
（后阕首二句一般都用对仗。）

浣溪沙　　晏　殊

　　一曲新词酒一杯，去年天气旧池台。夕阳西下几时回？

　　无可奈何花落去，似曾相识燕归来。小园香径独徘徊。

浣溪沙　　秦　观

　　漠漠轻寒上小楼，晓阴无赖似穷秋。淡烟流水画屏幽。

　　自在飞花轻似梦，无边丝雨细如愁。宝帘闲挂小银钩。

满江红　　九十三字

⃝仄平平，平⃝仄、⃝平⃝仄。平⃝仄、⃝平⃝仄，⃝平⃝仄。⃝仄⃝平平仄仄，⃝平⃝仄平⃝仄。仄⃝平、⃝仄仄平平，平平仄。

⃝⃝仄，平⃝仄。⃝仄仄，平平仄。仄⃝平⃝仄，仄平平仄。⃝仄⃝平平仄仄，⃝平⃝仄平⃝仄。仄⃝平、⃝仄仄平平，平平仄。

（此调一般用入声韵。）

满江红　　岳　飞

怒发冲冠，凭阑处、潇潇雨歇。抬望眼、仰天长啸，壮怀激烈。三十功名尘与土，八千里路云和月。莫等闲、白了少年头，空悲切！

靖康耻，犹未雪；臣子恨，何时灭？驾长车踏破贺兰山缺。壮志饥餐胡虏肉，笑谈渴饮匈奴血。待从头、收拾旧山河，朝天阙。

（照词谱应在"破"字后面略有停顿。）

满江红（金陵怀古）　　萨都拉

六代豪华，春去也、更无消息。空怅望、山川形胜，已非畴昔。王谢堂前双燕子，乌衣巷口曾相识。听夜深、寂寞打孤城，春潮急。

思往事，愁如织；怀故国，空陈迹。但荒烟衰草，乱鸦斜日。玉树歌残秋露冷，胭脂井坏寒螀泣。到而今、只有蒋山青，秦淮碧。

念奴娇（百字令）　　一百字

仄平平仄，⃝⃝⃝⃝仄、⃝平平仄（或者是平仄仄、⃝

仄平平平仄）。仄仄平平平仄仄，⊙仄⊙平⊙仄。⊙仄平平，
⊙平⊙仄，⊙仄平平仄。⊙平平仄，⊙平平平仄仄。

⊙仄⊙仄平平，⊙平平仄、仄平平仄（或者是仄平平
仄仄，平平平仄）。⊙仄⊙平⊙仄仄，⊙仄⊙平平仄。⊙仄平平，
⊙平⊙仄，⊙仄平平仄。平平平仄，仄平平平仄。

（此调一般用入声韵。）

念奴娇　　苏　轼

大江东去，浪淘尽千古风流人物。故垒西边人道是：三国周郎赤壁。乱石穿空，惊涛拍岸，卷起千堆雪。江山如画，一时多少豪杰！

遥想公瑾当年，小乔初嫁了，雄姿英发。羽扇纶巾谈笑处，樯橹灰飞烟灭。故国神游，多情应笑，我早生华发。人生如梦，一樽还酹江月！

念奴娇（石头城）　　萨都拉

石头城上，望天低吴楚、眼空无物。指点六朝形胜地，惟有青山如壁。蔽日旌旗，连云樯橹，白骨纷如雪。大江南北，消磨多少豪杰！

寂寞避暑离宫，东风辇路、芳草年年发。落日无人松径冷，鬼火高低明灭。歌舞樽前，繁华镜里，暗换青青发。伤心千古，秦淮一片明月！

为篇幅所限，不能把所有的词谱都写下来。清人万树编的《词律》和清人徐本立编的《词律拾遗》共收八百多个调，清人舒梦兰编的《白香词谱》共收一百个调，我的《汉语诗律学》共收二百零六个调，《诗词格律》共收五十个调，都可以参考。

第十讲　词韵和平仄

词韵和诗韵没有很大的分别，只是词韵比律诗的韵宽些。再说，由于词比诗更加接近口语，所以宋代词人不再拘泥唐人的韵部，而只凭当代的语音来押韵。试看下面的例子：

渔家傲　范仲淹

塞下秋来风景异，衡阳雁去无留意。四面边声连角起。千嶂里，长烟落日孤城闭。

浊酒一杯家万里，燕然未勒归无计。羌管悠悠霜满地。人不寐，将军白发征夫泪。

这里"异"、"意"、"起"、"里"、"闭"、"里"、"计"、"地"、"寐"、"泪"押韵。但是，如果依照唐韵，"异"、"意"、"起"、"里"、"里"、"地"、"寐"、"泪"是一类，"闭"、"计"是一类，这两类是不能互相押韵的。

上声字和去声字，在唐诗里很少互相押韵；到了宋词里就变为经常通押了。例如上文所举晏殊《蝶恋花》的"树"、"去"、"絮"、"处"是去声字，而"缕"、"柱"、"语"是上声字；苏轼《蝶恋花》的"小"、"绕"、"少"、"草"、"道"、"杳"、"恼"是上声字，而"笑"是去声字；辛弃疾《菩萨蛮》的"水"是上声字，而"泪"是去声字；范仲淹《渔家傲》的"异"、"意"、

"闭"、"计"、"地"、"寐"、"泪"是去声字,而"起"、"里"、"里"是上声字(就现代普通话说,"柱"、"道"又变了去声)。至于入声韵,则仍旧是独立的。

现在讲到词句的平仄,请先看下面的几个例子:

长相思　　白居易

汴水流,泗水流,流到瓜洲古渡头。吴山点点愁。
思悠悠,恨悠悠。恨到归时方始休,月明人倚楼。

摊破浣溪沙　　李璟

菡萏香销翠叶残,西风愁起绿波间。还与韶光共憔悴,不堪看!
细雨梦回鸡塞远,小楼吹彻玉笙寒。多少泪珠何限恨,倚阑干!

虞美人　　李煜

春花秋月何时了?往事知多少?小楼昨夜又东风,故国不堪回首月明中。
雕阑玉砌应犹在,只是朱颜改。问君还有几多愁?恰似一江春水向东流!

清平乐　　黄庭坚

春归何处?寂寞无行路。若有人知春去处,唤取归来同住。
春无踪迹谁知?除非问取黄鹂。百啭无人能解,因风飞过蔷薇。

如梦令　　秦　观

莺嘴啄花红溜,燕尾剪波绿皱。指冷玉笙寒,吹彻小梅春透。依旧,依旧,人与绿杨俱瘦!

鹊桥仙　　秦　观

纤云弄巧,飞星传恨,银汉迢迢暗渡。金风玉露一相逢,便胜却人间无数。

柔情似水,佳期如梦,忍顾鹊桥归路!两情若是久长时,又岂在朝朝暮暮?

凤凰台上忆吹箫　　李清照

香冷金猊,被翻红浪,起来慵自梳头。任宝奁尘满,日上帘钩。生怕离愁别苦,多少事欲说还休!新来瘦,非干病酒,不是悲秋。

休休!这回去也,千万遍阳关,也则难留!念武陵人远,烟锁秦楼。惟有楼前流水,应念我终日凝眸。凝眸处,从今又添,一段新愁!

律句是词的基础,不但五字句和七字句绝大多数是律句,连三字句、四字句、六字句、九字句也都是由律句变来的。现在仔细分析如下:

二字句,等于律句的平仄脚,如"依旧";又等于律句的平平脚,如"休休"。

三字句,等于律句的三字尾。(1)平平仄,如"江南好"、"新来瘦"、"凝眸处";(2)平仄仄,如"梳洗罢"、"多少恨"、"千嶂里"、"人不寐";(3)仄仄平,如"汴水流"、"泗水流";(4)仄平平,如"不堪看"、"倚阑干"。

四字句,等于七言律句的上四字。(1)⊕平仄仄,如"春归何处"、"纤云弄巧"、"飞星传恨"、"柔情似水"、"佳期如梦"、"被翻红浪"、"非干病酒";(2)㊄仄平平(注意,第三字一般不用仄声),如"香冷金猊"、"日上帘钩"、"不是悲秋"、"烟锁秦楼"。

五字句,等于五言律句。(1)仄仄平平仄,如"往事知多少";(2)㊄平平仄仄,如"玉阶空伫立"、"青山遮不住";(3)仄仄仄平平,如"昨夜梦魂中";(4)平平仄仄平,如"吴山点点愁"。注意:有一种五字句实际上是一字逗加四字句,即仄——㊄平㊄仄,如"任——宝奁尘满"、"念——武陵人远"。

六字句,等于七言律句的上六字。(1)㊄仄㊄平㊄仄,如"唤取归来同住"、"百啭无人能解"、"银汉迢迢暗度"、"忍顾鹊桥归路"、"莺嘴啄花红溜"、"燕尾剪波绿皱"、"吹彻小梅春透"、"人与绿杨俱瘦"、"生怕离愁别苦"、"惟有楼前流水";(2)平平仄仄平平(注意:第五字一般不用仄声),如"春无踪迹谁知"、"除非唤取黄鹂"、"因风飞过蔷薇。"

七字句,等于七言律句。(1)㊄平㊄仄平平仄(注意:第五字一般只用平声),如"平林漠漠烟如织";(2)㊄仄㊄平平仄仄,如"塞外秋来风景异";(3)㊄平㊄仄仄平平,如"问君还有几多愁";(4)㊄仄平平仄仄平,如"菡萏香销翠叶残"。注意:有一种七字句实际上是三字逗加四字句。(1)仄㊄仄——平平㊄仄,如"便胜却——人间无数"、"又岂在——朝朝暮暮";(2)平㊄仄——㊄仄平平,如"多少事——欲说还休"、"应念我——终日凝眸"。

九字句,等于二字逗加七言律句,即㊄仄——㊄平㊄仄仄平平,如"故国——不堪回首月明中"、"恰似——一江春水向东流"。也有等于四字逗加五言律句的。

词中还有一些拗句。有的是律句的变格,如"还与韶光共憔悴"(㊄仄平平仄平仄)、"有人楼上愁"(仄平平仄平);

有的是不拘平仄，如"从今又添，一段新愁"（"添"字没有用仄声）。

词中也有一些特定的平仄格式，如《忆秦娥》前后阕末句必须是"仄平平仄"，而不能用"平平仄仄"。这些都是要从词谱中仔细体会的。

答读者问

《诗词格律十讲》的读者们来信提出一些问题，现在我来解答一下：

问：旧体诗词格律是经过怎样的演变才形成那个样子的？为什么那样就算好？

答：这是一个科学研究的题目，还没有人深入探讨过。律句是逐渐形成的，起初只是技巧，不是格律，并没有规定必须这样做。但诗人自己大约是有意识地这样做的。范文澜同志在《文心雕龙·声律》注中引曹植《赠白马王彪》："孤魂翔故域，灵柩寄京师"，《情诗》："游鱼潜绿水，翔鸟薄天飞。始出严霜结，今来白露晞"，并且说："皆音节谐和，岂尽出暗合哉？"这可以说是律句的萌芽。后来诗人们继续从声律方面揣摩，逐渐积累经验，到了庾信等人的时代，已经有整套经验了，但是还没有规定为格律。到了初唐的末期，才明白定为格律。南北朝的骈体文对律诗也有很大的影响，律诗又回过头影响后代的骈体文（所谓"四六"）。至于为什么那样就算好，这牵涉到语言形式美的问题。我在《文艺报》一九六二年二月号发表了一篇《中国古典文论中谈到的语言形式美》，可以参看。

问:"律绝"和"古绝"如何分别?

答:"古绝"是不拘平仄的。在律诗未产生以前,只有"古绝"。律诗产生以后,仍旧有人写"古绝",虽然或多或少地要受律句的影响,但是只要有些地方不拘平仄,就只能算是"古绝",不能算是"律绝"。李白诗的"疑是地上霜"一句是"平仄仄仄平",李端诗的"细语人不闻"一句是"仄仄平仄平",第二、四两字都是仄声;李白诗的"举头望明月"一句是"仄平仄平仄",李端诗的"北风吹裙带"一句是"仄平平平仄",第二、四两字都是平声,都不合于律句的规定,所以是"古绝"。再说,李白诗"床前明月光"和"低头思故乡"第三字用平声,李端诗"即便下阶拜"第三字用仄声,"开帘见新月"用"平平仄平仄",虽都可以认为律句平仄的变格,但若结合其他拗句来看,"古绝"的韵味就很明显了。此外,不讲究黏对也是"古绝"的特点之一:如李白诗"举头"句与"疑是"句不黏,而且与"低头"句不对。用仄韵也是"古绝"特点之一:如李端诗即用仄韵。如果一律用律句,还可认为仄韵律诗,否则只能算是"古绝"了。

问:可平可仄的地方的任意性有多大?

答:按原则说,既然可平可仄,那就是完全任意的。圆圈内写"平"字或写"仄"字,只是依律句的理论应该是平声或仄声。但是有的诗人在这种地方特别讲究,仍旧运用拗救的办法。律句倒数第三字,常常是上句拗,下句救,例如李白《赠孟浩然》首联"吾爱孟夫子,风流天下闻",杜甫《蜀相》颔联:"映阶碧草自春色,隔叶黄鹂空好音",都是出句倒数第三字应平而仄,是拗("孟"、"自");对句倒数第三字应仄而用平,是救("天"、"空")。有的诗人连七字句的第一、第三两字也注意做到拗救,如白居易《钱塘湖春行》颔联:"几处早莺争暖树,谁家新燕啄春泥",出句第三字("早")用仄声是拗，对句第三字（"新"）用平声是救。又尾联对句"绿杨阴里白沙堤"，第一字（"绿"）用仄声是拗，第三字（"阴"）用平声是救。可能有些情况是偶然的；但是有些诗人（如白居易）则不是偶然的，因为这种做法在他们的诗集中是很常见的。不过，我们要注意把技巧和格律区别开来；这些讲究只是技巧，不是格律，所以我在《诗词格律十讲》里不讲它。

问：关于句中自对的问题可否再作些讲解？

答：句中自对不一定要平对仄，仄对平。"风"对"尘"、"涕"对"泪"，是完全可以的。出句和对句相对，也不一定要平对仄，仄对平；五字句的第一字，七字句的第一、第三字都可以平对平，仄对仄。例如杜甫《春望》："感时花溅泪，恨别鸟惊心。""感"对"恨"是以仄对仄。又如杜甫《客至》："花径不曾缘客扫，蓬门今始为君开。盘飧市远无兼味，樽酒家贫只旧醅。""花"对"蓬"，"盘"对"樽"，都是以平对平。

"风尘"对"涕泪"不算十分工整，因为风尘是天文，涕泪是形体。上文讲方位对颜色、天文对时令也算工对，因为那是邻类。邻类是依照诗人们的传统习惯，如方位对颜色，有些则是按照性质的相近，如天文对时令。拿"日""月"二字为例，"日""月"指太阳、月亮是天文，指一天、一个月是时令，而时令的"日""月"正是与天文的"日""月"发生关系的。

八言对联中的上下自对（上四字对下四字），正是句中自对。但是，即使在这种情况下，上联和下联也不是可见完全不对，只不过可以从宽罢了。

问：双声叠韵是怎么一回事？

答：连续的两个字声母相同，叫做"双声"；韵母相同，叫做叠韵。例如"丰富"是双声，因为"丰"（fēng）和"富"（fù）

的声母都是"f","灿烂"是叠韵,因为"灿"(càn)和"烂"(làn)的韵母都是"an"。律诗的对仗要注意双声词和双声词相对,叠韵词和叠韵词相对,或者是双声词和叠韵词相对。例如白居易诗:"田园寥落干戈后,骨肉流离道路中。""寥落"、"流离"都是双声词。又如李商隐诗:"远路应悲春晼晚,残宵犹得梦依稀。""晼晚"、"依稀"都是叠韵词。

问:可否请您再将曲律讲一两讲?

答:词与曲的道理是差不多的;懂了词的格律,就可以类推到曲的格律。曲律与词律的不同,主要有两点:一、曲谱与词谱不同;二、词的字数有定,曲的字数无定,曲中可以插进一些"衬字"。我之所以不讲曲律,因为牵涉到剧本问题,不是简单一两讲可以讲得完的。可以看我的《汉语诗律学》第四章。

(编者按:王力同志的《诗词格律十讲》在《北京日报》发表后,读者曾提出一些问题。这是王力同志的解答,也在《北京日报》刊登过。我们附录于此,供读者参考。)

诗律余论

一、关于平仄的问题

二、关于押韵的问题

三、关于对仗的问题

最近我写了两本关于诗词格律的小书。由于写的是通俗的小册子，我完全用自己的话来讲述诗词格律。其实我所讲述的东西，大部分是吸收了前人研究的成果。现在我写这一篇"余论"，就是想把前人的话，扼要地加以叙述和评论。一方面表示我不敢"掠美"，另一方面也可以让它跟我那两本小书互相补充。当年我写《汉语诗律学》的时候，只参考了董文涣的《声调四谱图说》，近来逐渐参考了其他书。董文涣的书大致是根据赵执信的《声调谱》写的。现在董文涣的书不在手边，我就不去谈它，而专谈近来看到的书了。

本文所谈到的书大致有下列几种：

1. 赵执信：《声调谱》（前谱、后谱）
2. 王士禛：《律诗定体》①
3. 王士禛：《五代诗话》
4. 何世璂：《然灯记闻》②
5. 严羽：《沧浪诗话》
6. 谢榛：《四溟诗话》
7. 王夫之：《姜斋诗话》

限于篇幅，这里只谈谈关于近体诗的问题。第一是关于平仄的问题；第二是关于押韵的问题；第三是关于对仗的问题。

---

① 《律诗定体》在《天壤阁丛书·声调三谱》内，据说是"先文简公手定。新城家塾传本"。

② 原题渔洋夫子口授，新城何世璂述。亦在《天壤阁丛书·声调三谱》内。

一、关于平仄的问题

我在我的关于诗词格律的著作里批评了"一三五不论,二四六分明"这一口诀的片面性。这个口诀大约起于明代。释真空的《贯珠集》载有这样一段话:

平对仄,仄对平,反切要分明。有无虚与实,死活重兼轻。上去入音为仄韵,东西南字是平声。一三五不论,二四六分明。

这种分析并不完全合于律诗的实际情况,所以王夫之在他的《姜斋诗话》里批评说:

一三五不论,二四六分明之说,不可恃为典要。"昔闻洞庭水","闻"、"庭"二字俱平,正尔振起。若"今上岳阳楼"易第三字为平声,云"今上巴陵楼",则语塞而戾于听矣。"八月湖水平","月"、"水"二字皆仄,自可;若"涵虚混太清"易作"混虚涵太清",为泥磬土鼓而已。又如"太清上初日",音律自可;若云"太清初上日",以求合于黏(力按,合于黏在这里指合于平仄),则情文索然,不复能成佳句。又如杨用修警句云:"谁起东山谢安石,为君谈笑净烽烟?"若谓"安"字失黏(力按,失黏在这里指不合平仄),更云"谁起东山谢太傅",拖沓便不成响。足见凡言法者,皆非法也。

王夫之这一段话有许多缺点:第一,"昔闻洞庭水"、"八月湖水平"恰好是不合常规的句子,不足以破"一三五不论"的规则;第二,"混虚涵太清"按平仄说的正是律诗所容许的(这是所谓"孤平拗救"),不能视为泥磬土鼓;第三,"太清上初日"与"太清初上日","谁起东山谢安石"与"谁起东山谢太傅",在平仄上同是合于诗律的,只是语法和词汇上有所不同罢了;第四,王夫之看见了"一三五不论,二四六分明"这一个口诀的片面性,因此就得出结论说:"足见凡言法者,皆非法也",从根本上否定了诗律,这更是不妥的。但是,他否定这个口诀则是对的。

同样是批评"一三五不论,二四六分明",赵执信却比王夫之高明多了。赵氏在《声调前谱》说:

平平仄仄仄,下句仄仄仄平平,律诗常用;若仄平仄仄仄,则为落调矣。盖下有三仄,上必二平也。

律诗平平仄仄平,第二句之正格①。若仄平平仄平,则变而仍律者也(即是拗句);仄平仄仄平,则古诗句矣。此格人多不知者,由"一三五不论"二语误之也。

平平平仄仄(这是五言平起的正格)可以改为平平仄仄仄,似乎可以证明"一三五不论";但是,第三字改仄后,第一字不能再改仄,否则变为仄平仄仄仄,就落调了②。可见"一三五不论"的口诀仍旧是不全面的。

仄平仄仄平,就是我的书中所谓犯孤平。孤平是古体诗所允许的,所以赵氏说是古诗句。仄平平仄平,就是我的书中所谓"孤平拗救",救后仍旧合律,所以赵氏说是"变而

---

① 指李商隐《落花》的第二句,参看下文。当然这个平仄格式也可以用于第四、第六、第八句。

② 关于这一点,我在《汉语诗律学》、《诗词格律》、《诗词格律十讲》里都没有交代清楚,以后当考虑补充。再者,这种落调的句子,盛唐时也有,如杜甫《送远》:"别离已昨日。"但赵氏注云:"拗句,中唐后无。"作为常规来看,赵氏还是对的。

仍律者也"。王夫之所说的"混虚涵太清",正是变而仍律的例子。

孤平是诗家的大忌,所以赵执信和王士禛都反复叮嘱,叫人不要犯孤平。赵执信于杜牧诗句"茧蚕初引丝"注云:"第一字仄,第三字必平。"又于王维诗句"应门莫上关",特别注明"应"字读平声[①],怕人误会以为王维犯孤平。王士禛在《律诗定体》中说:

> 五律凡双句二四应平仄者(力按,即对句第二字应平,第四字应仄者),第一字必用平,断不可杂以仄声。以平平止有二字相连,不可令单也。[②]

他在"怀古仍登海岳楼"的"仍"字下,"玉带山门诉旧游"的"山"字下,"待旦金门漏未稀"的"金"字下,"剑佩森严彩仗飞"的"森"字下,都注云"此字关系"。在"万国风云护紫微"的"风"字下注云"关系",可见这些地方都不能改用仄声字。看来在清初的时代,已经有不少人为"一三五不论"的口诀所误,初学作诗时没有注意避免孤平,所以王士禛才这样反复叮嘱的。

我在《诗词格律》中提到一种特定的平仄格式,赵执信和王士禛也都提到了。这种格式在五言是平平仄平仄,在七言是仄仄平平仄平仄。赵执信在杜牧诗句"行人碧溪渡"下

---

① 我在《诗词格律》的附注里,也注明杜甫诗句"应门幸有儿"、"应门试小童"的"应"字读平声。"应门幸有儿",仇兆鳌说"应"字"蔡云于陵切"。

② 依王说,孤平也可以叫做单平。单平指的是相连两个平声缺了一个,跟我的解释也稍有不同。(我对孤平的解释是:除了韵脚之外,只剩一个平声字了。)但是,所指的事实是一样的。

面注得很详细:"碧"字"宜平而仄","溪"字"宜仄而平"。这是"拗句";"第四字拗平,第三字断断用仄,今人不论者非。"赵氏于杜甫诗句"遥怜小儿女"和"何时倚虚幌"也都注明"拗句",表示这是律诗所允许的特定格式。王士禛在"好风天上至"一句下面注云:"如'上'字拗用平,则第三字必用仄救之。"又在"我醉吟诗最高顶"一句下面注云:"二字本宜用平仄,而'最高'二字系仄平,此谓单句(力按,即出句)第六字拗用平,则第五字必用仄以救之,与五言三四一例。"(力按,等于说,跟五言第三四两字是一样的。)

我在《诗词格律》讲到了三种拗救。第一种是本句自救,讲的是孤平拗救,上文已经讲过了。我所谓的特定格式,其实也是一种本句自救,所以王士禛指出,在第四字拗用平的时候,"则第三字必用仄救之"。但是,由于这种格式非常常见,所以我把它特别提出来作为专项叙述,使它显得更为突出。第二种是严格规定的对句相救:在该用仄仄平平仄的地方,第四字用了仄声(或三四两字都用了仄声),就在对句的第三字改用平声以为补偿。赵执信在他的《声调前谱》里引了杜牧的诗句"苒苒迹始去,悠悠心所期"。他在出句"苒苒迹始去"下面注云:"五字俱仄。中有入声字,妙。"在"心"字下注云:"此字必平,救上句。"又在全句下面注云:"此必不可不救,因上句第三、第四字皆当平而反仄,必以此第三字平声救之,否则落调矣。上句仄仄平仄仄亦同。"他又在《声调后谱》引杜甫《送远》的"草木岁月晚,关河霜雪清。"在"草木"句注云:"五仄字。'木'、'月'二字入声妙。五仄无一入声字在内,依然无调也。"又在"霜"字下注云:"此字必平。"他又引了李商隐的《落花》:

    高阁客竟去,小园花乱飞。
    参差连曲陌,迢递送斜晖。

> 肠断未忍扫，眼穿仍欲归。
> 芳心向春尽，所得是沾衣。

他在"高阁"句下注云："拗句起。"又在"肠断"句下注云："同起句。"在"花"字下注云："此字拗救。"在"眼穿"句下注云："同次句"，按即同"小园"句。"小园"句和"眼穿"句都跟上述杜牧的"悠悠"句稍有不同："悠悠"句只是第三字用平，第一字并没有用仄；"小园"句和"眼穿"句则不但第三字用平，而且第一字还用了仄声，造成了孤平拗救。孤平拗救和拗起句恰相配合，所以赵氏在"眼"字下注云："此字用仄妙。"我在《诗词格律十讲》说："这样，倒数第三字所用的平声非常吃重，它一方面用于孤平拗救，另一方面还被用来补偿出句所缺乏的平声。"

第三种是不严格规定的拗救，我所谓"可救可不救"。这跟《律诗定体》和《声调谱》稍有出入。《律诗定体》在诗句"粉署依丹禁，城虚爽气多"下面注云："如单句，'依'字拗用仄，则双句'爽'字必拗用平。"① 《声调前谱》说："起句仄仄仄平仄，或平仄仄平仄。唐人亦有此调，但下句必须用三平或四平（如仄平平仄平，平平平仄平是也）。"《声调后谱》引了杜甫《春宿左省》的"花隐掖垣暮，啾啾栖鸟过"。"掖"字下注云"拗字"，"栖"字下注一个"平"字。又引杜甫《送远》的"带甲满天地，胡为君远行"，"带甲"句下注云"拗句"，"君"字下面也注一个"平"字。王、赵都说"必"或"必须"，似乎是严格的拗救，而不是可救可不救；但是，我考虑到唐诗中的确也有不救的，如李白《送友人》在尾联

---

① 《律诗定体》所引的律诗都未列作者姓氏。这里的两种和上文所引的"好风天上至"出自同一首诗里。已经查出是明金幼孜的诗。其余上文所引的诗句未能查明作者是谁。

"挥手自兹去，萧萧班马鸣"虽然救了，但在颔联"此地一为别，孤蓬万里征"却是拗而不救。不如说得灵活一些，以免绝对化了，反而不便初学。赵执信在杜牧诗句"野店正纷泊，茧蚕初引丝"下面也说："第三字救上句，亦可不救。"可见，我说"可救可不救"还是有根据的。

第三种和第二种的性质很相近，所以对句相救的办法完全相同。孤平拗救同样是第三种拗救的重要手段，倒数第三字的平声字也非常吃重，它一方面用于孤平拗救，另一方面还被用来补偿出句所缺乏的平声。所以赵执信的《声调后谱》在分析杜甫《所思》"九江落日醒何处，一柱观头眠几回"的时候说："观字仄，眠字必平，此字救上句，亦救本句。"这也是一身兼两职的意思[①]。

用孤平拗救来进行本句自救和对句相救，中晚唐以后成为一种风尚。李商隐用得很多，如上文所引的《落花》，在一首诗中连用两次，显然是有意造成的。其他如《蝉》里的"薄宦梗犹泛，故园芜已平"。例子不胜枚举。用四平的句子来进行拗救（倒数第三字必平），也同样是常见的，如李商隐《二月二日》："花须柳眼各无赖，紫蝶黄蜂俱有情。"又《对雪》："梅花大庾岭头发，柳絮章台街里飞。"

我们在研究诗的平仄格式的时候，首先要知道字的喜读。上文所说的"应门"的"应"该读平声，就是一个例子。李商隐《隋宫》绝句："春风举国裁宫锦，半作障泥半作帆。"按《广韵》"障"字有平去两读，这里应读平声，如果读去声，就犯孤平了。李商隐《雨中长乐水馆送赵十五滂不及》末句"夫君太骋锦障泥"，足以证明"障"字读平声，不读去声。李商隐《漫成》："此诗谁最赏，沈范两尚书。"薛逢《送李商

[①] 可惜举的例子不很妥当。"醒"字有平去两读，不能确定杜甫把它读去声还是平声。

隐》:"莲府望高秦御史,柳营官重汉尚书。"按《广韵》阳韵有"尚"字,音与"常"同,注云:"尚书,官名。"字典不收此音,这样就让人疑为落调了。

由上所论,可见"一三五不论"的口诀确是不全面的。王士桢也反对这个口诀。何世璂《然灯记闻》据说是王士桢所口授,其中也有一段说:

> 律诗只要辨一三五。俗云"一三五不论",怪诞之极!决其终身必无通理!

平心而论,"一三五不论,二四六分明"这个口诀对初学诗的人也有一点儿好处;但是要告诉他,仄平脚的七字句第三字不能不论,仄平脚的五字句第一字不能不论等等,也就能照顾全面了。

这些书很少讲到黏对的问题,只有《声调后谱》引了杜甫的《所思》:

> 苦忆荆州醉司马,谪官樽酒定常开。
> 九江日落醒何处?一柱观头眠几回?
> 可怜怀抱向人尽,欲问平安无使来。
> 故凭锦水将双泪,好过瞿塘滟滪堆。

注云:"第七句本是正黏,因第五句不黏,此句亦不黏矣。"由此可见:1.盛唐尚有一些不黏的诗;2.后来诗律渐密,大家注意黏的规则,所以有所谓正黏了。

我在《诗词格律十讲》中说:"至于失对,则是更大的毛病,从唐宋直到近代人的诗集中,是找不到失对的例子的。"(在《汉语诗律学》和《诗词格律》里也有类似的话。)这话未免说得太绝了。最近读了温庭筠的《春日》:

>柳岸杏花稀，梅梁乳燕飞。
>美人鸾镜笑，嘶马雁门归。
>楚宫云影薄，台城心尝违。
>从来千里恨，边色满戎衣。

不但"楚宫"句失黏，而且"台城"句也失对，在这种地方，可能是诗人一时失检，也可能是有意突破形式。如果我们说"失对"的情况非常罕见，也还是可以说的，但不能说绝对没有。有些诗人有意模仿齐梁体，如李商隐《齐梁晴云》不但失黏，而且失对。失对的两联是"缓逐烟波起，如妒柳绵飘"，"更奈天南位，牛渚宿残宵"。按，拗黏、拗对正是齐梁体的特点，是又当别论的。

二、关于押韵的问题

《广韵》共有二〇六韵，但是我们研究律诗并不需要掌握这二〇六韵。据封演《闻见记》，唐初许敬宗等人已经嫌《切韵》的韵窄[①]，"奏合而用之"。后代通行的平水韵实际上可以适用于唐诗，它成书虽晚，但是它基本上反映了"合而用之"的事实。除了并证于径（后来张天锡、王文郁又并拯于迥）是不合理的以外，只有并欣于文不合于唐诗的情况。顾炎武在《音论》中已经指出：唐时欣韵通真而不通文，举杜甫《崔氏东山草堂》、独孤及《送韦明府》和《答李滁州》为例。戴震在《声韵考》中又举李白《寄韦六》、孙逖《登会稽山》、杜甫《赠郑十八贲》，

[①] 《切韵》是《广韵》的前身（中间又经过《唐韵》的阶段）。据《切韵》残卷看，《切韵》只有193韵。

证明隐韵只通准，而不通吻。直到晚唐还是这种情况。我注意到李商隐的《五松驿》："独下长亭念过秦，五松不见见舆薪。只应既斩赵高后，寻被樵人用斧斤。""斤"字是欣韵字，但是它跟真韵的"秦"、"薪"押韵。平水韵把"斤"归入文韵，就跟唐诗不合了。不过，这是仅有的例外，一般地说，平水韵是可以作为衡量唐诗用韵的标准的。

古体诗可以通韵，近体诗原则上不可以通韵。谢榛的《四溟诗话》云："九佳韵窄而险，虽五言造句已难，况七言近体？"可见近体即使用窄而险的韵，也是不容许出韵的。元稹《遣悲怀》三首，第一首全用佳韵字，第二首全用灰韵字，分用甚明。李商隐用韵，比起盛唐诗人们来，算是比较自由的了，但是他在近体诗中，对于险韵如江韵，仍旧让它独用。例如《水斋》押"邦"、"江"、"窗"、"缸"、"双"，《因书》押"江"、"窗"、"缸"、"釭"，《巴江柳》押"江"、"窗"。

谢榛《四溟诗话》说："七言绝律，起句借韵，谓之'孤雁出群'，宋人多有之。"这里谢氏发现了一件很重要的事实，可惜讲得不够全面。先说，起句借韵不但七言诗有，五言诗也有。再说，不但宋人多有之，晚唐已经成为风尚，初唐与盛唐也有少数起句借韵的律绝。试看沈德潜的《唐诗别裁》，其中就有大量的起句借韵的例子：五律李白《访戴天山道士不遇》押"中"、"浓"、"钟"、"峰"、"松"；许浑《游维山新兴寺》押"村"、"矄"、"闻"、"云"、"军"；五绝金昌绪《春怨》押"儿"、"啼"、"西"；李贺《马诗》押"江"、"风"、"雄"；七律李颀《送李回》押"农"、"雄"、"宫"、"中"、"东"；李商隐《井络》押"中"、"峰"、"松"、"龙"、"踪"；李咸用《题王处士山居》押"寒"、"年"、"船"、"烟"、"仙"；章碣《春别》押"山"、"残"、"看"、"漫"、"寒"；郑谷《少华甘露寺》押"邻"、"闻"、"云"、"分"、"群"；韩偓《安贫》押"书"、"图"、"卢"、"须"、"竽"；韦庄《柳谷道中作却寄》押"纷"、

"魂"、"村"、"门"、"孙";沈彬《入寒》押"痕"、"文"、"君"、"云"、"曛";七绝张籍《开封》押"风"、"重"、"封";白居易《白云泉》押"泉"、"闲"、"间";杜秋娘《金缕曲》押"衣"、"时"、"枝";武昌妓《续韦蟾句》押"离"、"归"、"飞"。《四溟诗话》引张说《送萧都督》,诗中押"江"、"宗"、"逢"、"冬"、"重",以为"此律诗用古韵也"。其实也是起句借韵,因为江韵与冬韵正是邻韵,可以相借。起句借韵的情况并不能说明古人用韵很宽;相反地,它正足以说明古人用韵很严,因为只有起句可以借韵,而且只限于借用邻韵。起句为什么可以借韵呢?这因为起句本来可以不用韵。王勃《滕王阁序》说:"一言均赋,四韵俱成。"他的《滕王阁诗》共用了六个韵脚而说是四韵,就是因为没有把起句的韵算在里边。总之,起句借韵不能算是通的。

　　这并不是说,通韵的情况就绝对没有了。已经有人注意到,李商隐往往以东冬通用,萧肴通用。前者如《少年》押"功"、"封"、"中"、"丛"、"蓬"("封"是冬韵字);《无题》押"重"、"缝"、"通"、"红"、"风"("重"、"缝"是冬韵字);后者如《茂陵》押"梢"、"郊"、"翘"、"娇"、"萧"("梢"、"郊"是肴韵字)。冯浩《玉溪生诗详注》在《茂陵》一诗中引《戊签》云:"首二句误出韵",而自加按语云:"按唐人不拘。"其实两种说法都是不正确的。李商隐有意识地押通韵,我们不能说他是误出韵;唐人近体诗一般都不通韵,李商隐自己也是尽可能不通韵,我们不能笼统地说唐人不拘。

　　严羽《沧浪诗话》说:"有辘轳韵者,双出引入,有进退韵者,一进一退。"王世桢《五代诗话》第八卷引《缃素杂记》说:"郑谷与僧齐己、黄损等,共定近体诗格云:'凡诗用韵有数格:一曰葫芦,一曰辘轳,一曰进退。葫芦韵者,先二后四;辘轳韵者,双出双入;进退韵者,一进一退,失此则谬矣。'余按《倦游杂录》载唐介为台官,廷疏宰相之失。仁庙怒,谪英州别驾。朝中士大夫以送行者颇众，独李师中待制一篇为人传诵。诗曰：'孤忠自许众不与，独立敢言人所难[①]。去国一身轻似叶，高名千古重于山。并游英俊颜何厚？未死奸谀骨已寒！天为吾君扶社稷，肯教夫子不生还？'此正所谓进退韵格也。按《韵略》：'难'字第二十五，'山'字第二十七，'寒'字又在第二十五，而'还'又在第二十七，一进一退，诚合体格，岂率尔为之哉？近阅《冷斋夜话》，载当时唐李对答，乃以此诗为落韵诗。盖渠不知郑谷所定诗歌有进退之说，而妄云云也。"吴乔《围炉诗话》卷一说："平水韵视唐韵虽似宽，而葫芦等诸法俱废，则实狭矣。"按，葫芦韵指排律而言，排律共用六个韵，前两个韵脚用甲韵，后四个用乙韵。辘轳韵与进退韵皆指律诗言，双出双入指的是前两个韵脚用甲韵，后两个用乙韵；一进一退指甲乙两韵交互相押。上述李师中的诗就是寒删两韵交互相押的例子。但是，这些理念是荒谬的。郑谷几个人不可能定出一种今体诗格来。试看郑谷自己就没有实现，以致《缃素杂记》的作者只好另找李师中的诗为例。所谓葫芦格、辘轳格、进退格，只是巧立名目，让诗人们押韵时有较多的自由。但是，他又作茧自缚，加上一句"失此则谬矣"。依照这种说法，起句借韵的诗以及像上述李商隐的通韵诗反而是"谬"的，真是荒唐之至！即使郑谷有此主张，也不堪奉为典要。诗人们不宗高岑李杜，而崇拜一个郑鹧鸪，那也未免太陋了。

《五代诗话》（郑方坤补）引毛奇龄《韵学要指》说："八庚之清，与九青不分，故清部中偏旁多从青、从令，而今'屏'、'荧'、'声'诸字，则清青二部均有之。宋韵以删重之令，删青部'声'字，而唐诗往往多见，此断宜增入者。今但举

[①] "众"、"不"二字俱仄，下句"人"字用平声，即是孤平拗救，又是对句相救，参看上文。

唐诗声韵，如李白短律：'胡人吹玉笛，一半是秦声。五月南风起，梅花落敬亭。'杜甫《客旧馆》五律：'重来梨叶赤，依旧竹林青。风幔何时卷？寒砧昨夜声。'李建勋《留题爱敬寺》五律：'空为百官首，但爱千峰青。斜阳惜归去，万壑鸟啼声。'喻凫《酬王擅见寄》五律：'夜月照巫峡，秋风吹洞庭。竟晚苍山咏，乔枝有鹤声。'裴硎《题石室七律》：'文翁石室有仪刑，庠序千秋播德声。古柏尚留今日翠，高山犹霭旧时青。'类可验。"这实际上也是通韵，而"声"是审母三等字，依语音系统是不可能入青韵的。

三、关于对仗的问题

《沧浪诗话》卷五说："有律诗彻首尾对者，少陵多此体，不可概举。有律诗彻首尾不对者，盛唐诸公有此体。如孟浩然诗：'挂席东南望，青山水国遥。轴轳争利涉，来往接风潮。问我今何适？天台访石桥。坐着霞色晚，疑是赤城标。'又'水国无边际'之篇。又太白'牛渚西江夜'之篇。皆文从字顺，音韵铿锵，八句皆无对偶。"严羽在这里讲的是特殊情况，因为就一般情况说，中两联对仗最为常见，其次是前三联对仗（这样，则首句往往不入韵）；彻首尾全对是相当少见的，至于彻首尾不对，则更为罕见了。

真正彻首尾对的律绝是不多见的。平常总是保留尾联不用对仗，这样才便于结束。《四溟诗话》说："排律结句不宜对偶。若杜子美'江湖多白鸟，天地有青蝇'[①]，似无归宿。"依我看来，岂但排律？即以一般律绝而论，结句用对偶，也

[①] 杜甫：《寄刘峡州伯华使君四十韵》。

令人有"似无归宿"之感。杜甫《绝句》："两个黄鹂鸣翠柳，一行白鹭上青天。窗含西岭千秋雪，门泊东吴万里船。"有点儿像话还没有说完。绝句本来就是断句，还容许有这种做法；至于律诗，就更不合适了。杜甫的律诗，尾联用对仗的虽然较多，但是往往用流水对，语意已完，也就收得住了。例如《闻官军收河南河北》尾联："即从巴峡穿巫峡，便下襄阳向洛阳"，又如《垂白》尾联："甘从千日醉，未许七哀诗"，都是《沧浪诗话》所谓"十四字对"和"十字对"（按，即流水对），这样绝不嫌没有归宿。另有一种情况是半对半不对，收起来更觉自然。胡鉴在《沧浪诗话》"有律诗彻首尾对者，少陵多此体，不可概举"下面注云：杜少陵"登高"一首是也。诗曰："风急天高猿啸哀，渚清沙白鸟飞回。无边落木萧萧下，不尽长江滚滚来。万里悲秋常作客，百年多病独登台。艰难苦恨繁霜鬓，潦倒新停浊酒杯①。"依我看来，尾联正是半对半不对。"艰难"对"潦倒"可以算是对仗，但其余的就不好说是对仗。"繁霜鬓"应以"霜鬓"连读，不应以"繁霜"连读。《佩文韵府》在"繁霜"条下不收杜句，而在"霜鬓"条收杜句，那是很有道理的。杜甫《送何侍御归朝》有"春日垂霜鬓"，《宴王使君宅》有"泛爱容霜鬓"，可见"霜鬓"是杜甫诗中的熟语。"苦恨繁霜鬓"只是"苦恨霜鬓已繁"，而不是"苦恨繁霜之鬓"，因此就不能认为是以"繁霜"与"浊酒"为对仗。这种半对半不对的句子正是适宜于作结句的，更不能算是真正彻首尾对的例子。严羽所说"少陵多此体，不可概举"的话也是夸大了的。

至于彻首尾不对，那只是律诗尚未成为定型的时候的一

---

① 胡鉴又引宗叔敖诗："玉楼银榜枕严城，翠盖红旗列禁营。日映层岩图画色，风摇杂树管弦声。水边重阁含飞动，云里孤峰类削成。幸睹八龙游閬苑，无劳万里访蓬瀛。"其实尾联也是流水对。

种特殊情况。赵执信《声调后谱》说:"开元天宝之间,巨公大手颇尚不循沈宋之格。至中唐以后,诗赋试帖日严,古近体遂判不相入。"这话虽说的是平仄,但是关于对仗也可以这样说。杨慎《升庵诗话》卷二说:"五言律八句不对,太白浩然集有之,乃是平仄稳贴古诗也。"杨氏的话是对的,平仄稳贴是律,但彻首尾不对则还不完全符合律诗的规格。

《四溟诗话》卷四说:"江淹《贻哀常侍》曰:'昔我别秋水,秋月丽秋天。今君客吴坂,春日媚春泉。'子美《哭苏少监》诗曰:'得罪台州去,时违弃硕儒。佟官蓬阁后,谷贵殁潜夫。'此皆隔句对,亦谓之扇对格。"我在《汉语诗律学》也讲到扇面对,举了一些例子。至于《诗词格律》和《诗词格律十讲》,则因扇面对不是常见的情况,所以没有讲。

借对,则是比较常见的,我认为值得提一提。《沧浪诗话》说:"有借对。孟浩然'厨人具鸡黍,稚子摘杨梅',太白'水春云母碓,风扫石楠花',少陵'竹叶于人既无分,菊花从此不须开'是也。"按,借"杨"为"羊"来对"鸡",借"楠"为"男"来对"母",这是借音;"竹叶"是酒名,借"叶"来对"花"这是借意。沈括《梦溪笔谈》卷十五又引了"当时物议朱云小,后代声名白日长"①,以"朱云"对"白日"也是借对。《四溟诗话》卷四引沈王西屏道人诗句:"九关甲士图功日,三辅丁男习战秋",以为"后联假对干支,妙"。我们并不提倡借对,但是必须承认古代诗人有借对的事实。像刘长卿《长沙过贾谊宅》:"汉文有道恩犹薄,湘水无情吊岂知?"借汉水的"汉"来对"湘"字,绝不是偶合的。特别是颜色的借对更为常见。李商隐《锦瑟》:"沧海明月珠有泪,蓝田日暖玉生烟",借"沧"为"苍"以对"蓝"。杜甫《赴青城县出成都》"东郭沧江合,西山白雪高",以"沧"对"白",

---

① 今本《梦溪笔谈》无此例,据《修辞鉴衡》补。

也是这个道理。甚至《秋兴》第五首"一卧沧江惊岁晚,几回青琐点朝班",尾联前半句也用对仗,以"沧"对"青"。

讲律诗必须分别三种不同的情况:第一是正格,也就是近体诗的一般作法。正格很重要,特别是对初学的人来说,若不讲求正格也就无从掌握诗律。第二是变格,变格只是变通一下,仍然合律,这是赵执信所谓"拗律"和"变而仍律"。赵氏虽然讲的是平仄,但是对于押韵和对仗,也可以由这个原理类推。第三是例外,不构成格律。具体说来是这样:

1.正格 就平仄说,五言平仄脚、仄仄脚、平平脚的句子第一字不论,仄平脚的句子每字就论;七言平仄脚、仄仄脚、平平脚的句子一三不论,仄平脚的句子第一字不论。就押韵说,必须严格地依照平水韵;就对仗说,律诗中两联用对仗。

2.变格 就平仄说,可用各种拗救;又仄仄脚可以连用三仄收尾,如果倒数第五字用平声的话。就押韵说,可以起句借韵;就对仗说,可以在颔联和颈联当中只用一个对仗,又可以共用三个对仗(只有尾联不对)。

3.例外 就平仄说,用古体诗的平仄,如"昔闻洞庭水"("昔"字仄声),"八月湖水平"(仄平脚的律句倒数第四字不能用仄声),等等。就押韵说,用了通韵(实际上是出韵,又叫落韵);就对仗说,彻首尾用对仗。

讲诗律必须区别一般和特殊,正格和变格。如果过于强调特殊,以例外乱正规,那就简直无诗律可言。如果只讲正格,不讲变格,那又不够全面,会引起读者许多疑问。因此,我认为必须把正格和变格同时讲透;例外可以少讲,对初学者来说,甚至可以不讲,以免重点不突出,妨碍掌握格律。

(原载《光明日报·东风》,1962年8月6日;又收入《龙虫并雕斋文集》第一册。)

附录

唐诗三首讲解

宋词三首讲解

唐诗三首讲解

讲唐诗三首，我先分开来讲每一首诗的思想内容，再合起来讲这三首诗的表现方式和艺术技巧，最后讲一讲诗的格律。

一

望 岳① 杜 甫

岱宗②夫③如何？齐鲁④青未了。
造化⑤钟⑥神秀⑦，阴阳⑧割⑨昏晓。

---

① 〔望岳〕岳，指东岳泰山。公元735年（唐开元二十三年），杜甫到洛阳应进士考试，没有及第。他在赵齐一带（今河南、河北、山东）漫游，时间约在736—740年间。杜甫写这首诗时，大约是26岁或者27岁。

② 〔岱宗〕泰山。

③ 〔夫〕音扶（fú），语气词。

④ 〔齐鲁〕都是春秋时国名。齐国在今山东临淄一带，鲁国在今山东曲阜一带。

⑤ 〔造化〕创造和化育，这里指万物的创造者，即大自然的主宰。

⑥ 〔钟〕聚集，集中。

⑦ 〔神秀〕神妙，秀丽。

⑧ 〔阴阳〕山北为阴，山南为阳。

⑨ 〔割〕剖分，分开。

荡①胸生曾②云，决③眦④入归鸟。
会当⑤凌⑥绝顶⑦，一览众山小。

在诗里两句为一联，八句是四联。现在我就一联一联地讲。

第一联两句是说：泰山是怎样的一座山呢？它横亘齐鲁，一片青葱，绵延千里，看不到边。这是多么大的一座山哪！

第二联两句是说：大自然把世界上所有的神妙、秀丽的景象，都集中到泰山来了。泰山的高峰，耸入云霄，山南迎着太阳，天容易亮；山北背着太阳，天容易黑。这是多么高的一座山哪！

第三联两句是说：白天，高山上升起一层层的白云，把我的胸怀都给洗干净了；到了黄昏，群鸟归山，我睁大了眼睛看，把眼眶都睁裂了。这是多么远的一座山哪！

第四联两句是说：我爱这座高山，我不久将要攀登它的最高峰，看看其他的山，该是多么渺小啊！

这首诗表现了杜甫的伟大的心胸和气魄。他借着泰山的崇高和远大，来描写自己的理想崇高和远大。

---

① 〔荡〕洗涤。
② 〔曾〕同层。
③ 〔决〕裂开。
④ 〔眦〕读zì，眼眶。
⑤ 〔会当〕不久将要。
⑥ 〔凌〕升，登，特指升到非常高的地方去，如"凌空"、"凌云"、"凌霄"。
⑦ 〔绝顶〕指最高峰。

春 望[①]　　杜 甫

国破山河在，城春草木深。
感时花溅泪，恨别鸟惊心。
烽火[②]连三月，家书[③]抵[④]万金。
白头搔更短，浑[⑤]欲[⑥]不胜[⑦]簪[⑧]。

　　第一联两句是说：国家已经破碎了，山河还在，但是什么都完了；春来了，城中草木很茂盛，很深，但是城中的居民呢？也快完了！

　　第二联两句是说：春天花开了，但是时局使我感伤，春花只能使我流泪；春天鸟叫了，但是妻离子散，春鸟只能触动我的悲哀。

　　第三联两句是说：战火已经连续三个月了，我多么盼望有人捎一封家信给我呀！一封家信真是值万两黄金呢！

　　第四联两句是说：我的头发白了。我每逢心里烦闷时就挠头，白头发越挠越短，我的簪子简直绾不住我的头发了！我是多么苦闷哪！

　　这首诗表现了杜甫忧国忧民的心情，同时也道出了个人的苦闷。

---

　　① 〔春望〕春天远望。公元757年3月，在长安作。当时安禄山已反，长安沦陷。

　　② 〔烽火〕古时边防报警的烟火，有敌人来侵犯的时候，守卫的人点火相告。这里，烽火代表战争。

　　③ 〔家书〕家信。当时杜甫的妻子在鄜（fū）州，通信很困难。

　　④ 〔抵〕抵当，这里当"值"讲。

　　⑤ 〔浑〕简直。

　　⑥ 〔欲〕将要。

　　⑦ 〔不胜〕经不起。胜，音升（shēng）。

　　⑧ 〔簪〕用来绾住头发的一种首饰，古时也用它把帽子别在头发上。这里指的是男用的，帽子上的簪。簪读zēn，不读zān。

登柳州城楼寄漳汀封连①四州刺史②　　柳宗元

城上高楼接大荒，海天愁思③正茫茫。
惊风④乱飐⑤芙蓉⑥水，密雨斜侵薜荔⑦墙。
岭树重遮千里目，江流曲似九回肠⑧。
共来百粤⑨文身⑩地，犹自音书⑪滞一乡⑫。

解题：柳宗元被贬官到广西柳州，任柳州刺史，同他一起被贬官的还有四人，分住在漳州、汀州、封州、连州四个地方，大家都是患难朋友。当时北方人认为南方是很野蛮的地方，如果谁被贬官到南方去，就感到很悲伤。有一天，柳宗元登上柳州城楼，作了一首诗，想寄给四个朋友，由于当时寄东西很不容易（寄，就是委托人带的意思），因此在柳宗元的诗里有很多感慨。

第一联两句是说：我登上城楼，眺望荒僻的旷野。海呀

---

① 〔漳汀封连〕漳州，今福建漳州市；汀州，今福建长汀县；封州，今广东封川县；连州，今广东连阳各族自治县。
② 〔四州刺史〕漳州刺史韩泰，汀州刺史韩晔（yè），封州刺史陈谦，连州刺史刘禹锡。他们和柳宗元是同时被贬谪的。
③ 〔愁思〕悲哀的心绪。思，读sì，去声。
④ 〔惊风〕急风。
⑤ 〔飐〕读zhǎn，风吹动。
⑥ 〔芙蓉〕荷花。
⑦ 〔薜荔〕读bì lì，一种蔓生植物。
⑧ 〔九回肠〕回，转。九回，形容肠的曲折。司马迁《报任安书》："肠一日而九回。"九回肠又表示人的悲哀到了极点。
⑨ 〔百粤〕种族名，也叫"百越"。这里的百粤指今福建、广东、广西三省的地方。
⑩ 〔文身〕在身体上画花纹。古人以为越人有断发文身的风俗。
⑪ 〔音书〕音信。
⑫ 〔滞一乡〕滞，不通。滞一乡，指音信通不到他乡（暗指四州）。

（柳州没有海，这是诗人的联想），天哪，这些景色不但不能使我快乐，反而增长了我的茫茫的悲哀。

第二联两句是说：风是那样急，荷花塘里的水都被吹乱了；雨是那样密，薜荔墙也被飘湿了。

第三联两句是说：山上的树重重地遮住了我远望千里的眼睛，我的好友所在的地方看不见啦！江中的水弯弯曲曲的，多么像我那弯弯曲曲的愁肠啊！

第四联两句是说：我们四个人都是被贬斥到遥远的南方来的，应该可以常常通信，但是事实上通信是这样困难，这就令人更加伤感了。

这首诗表面上是柳宗元叙述自己谪居生活的悲哀，实际上却隐藏着对朝廷政治的不满。当时柳宗元参加了比较进步的政治集团，这个集团失败了，他和四州刺史同时遭受贬斥。这首诗是寄给四州刺史的，因此不可能是简单地表示个人的悲哀。

二

这三首诗都是描写远望的，但是表现出来的思想内容有很大的差别。首先是地点的差别：泰山、长安、柳州，地点不同，景色当然也有所不同。其次是时令的差别：《望岳》咏的是春天或夏天的景色，《春望》咏的是春天的景色，《登柳州城楼寄漳汀封连四州刺史》咏的是夏天的景色。但是更重要的不是这些，而是心情的不同。有句成语"触景生情"，这话说得不大全面，应该是先有一种感情，然后触景才能生出情来。而这个感情是因人因时因地而不同的。杜甫在写《望岳》时，只有二十六七岁，正是少年气盛、奋发有为的时期，到了写《春望》时，年纪已经大了，则是饱经忧患、流离丧乱的时期，心境大不相同。而柳宗元则是一肚子牢骚，无处发泄，这跟杜甫的心境又不同。感情不同了，所看见的外界事物，也就引起了不同的联想。譬如说，许多人都看见过高山的白云，但是只有像杜甫这样的人，才会感到洗荡心胸。人人都见过春花，但只有像杜甫这样忧国忧民的人，春花才能刺激出他感时的眼泪来。人人都看见过江水，只有像柳宗元这样满怀悲愤的人，才联想到它好像九回肠那样绞痛。诗人们常常把自己的感情寄托在景物上。景物本身是没有感情的，感情是人所具有的。因此，诗人的意境永远是主观的东西。

诗有写情，有写景，有情景交融。诗人并不常常直接写出他的感情来，在多数情况下总是把感情寄托在景色上，所以要写景。所谓写情，就是叙事，讲自己经过的事情；所谓写景，就是描写大自然的景色。有人说，诗人们总离不了描写风花雪月这样的景色。为什么呢？因为风花雪月是大自然中最主要的景色，诗人要通过花的颜色、鸟的叫声来反映自己的感情，这就是写景的作用。有时候则是情景交融在一起的。下面就来具体讲讲这三首唐诗的情景：

《望岳》这首诗，前四句是写景，第三联两句是情景交融，末两句是写情。

《春望》这首诗，前四句是情景交融，后四句是写情。

《登柳州城楼寄漳汀封连四州刺史》这首诗，第一联是情景交融，第二联是写景，第三联是情景交融，第四联是写情。

一首诗应在何处写情，何处写景，完全是诗人的自由，但是，诗人最重视声音和色彩，所以写景是诗人的重要的艺术手段。写景就是使诗歌形象化，这可以说是对于诗的基本知识之一。

写诗也像写文章，要有章法（组织结构）。现在就来讲讲这三首唐诗的章法：

《望岳》这首诗，先写了岳（前四句），再写望（第五、六句），最后（第七、八句）写望后的感想作收。

《春望》这首诗，先是分头写国破和春来（头两句），然后以感时句承春来，以恨别句承国破，然后又以烽火句承感时，以家书句承恨别。这样一环扣一环，组织非常严密，最后双承，以感叹作收。

《登柳州城楼寄漳汀封连四州刺史》这首诗，第一联总写登城楼，第二联写近景，第三联写远景，最后发出感慨作收。

这三首唐诗的共同点，都是以感想来作收的，如不这样，就收不住。这三首诗的章法都很严密。但是，也有一些诗是不大讲究章法的，因为诗有跳跃性，有时候读者摸不清它的来龙去脉，初学诗的人还是应该先讲究章法。我们今天不鼓励大家学写诗，但是要欣赏诗，就得从章法上来欣赏。

三

现在讲诗的格律。所谓格律，就是规则，诗人根据这个规则写诗。诗有古风（古体诗），有律诗（今体诗），这是诗的两大类。古风的规则很简单，只要押韵就行了。律诗的规则比较复杂，除了押韵之外，还有平仄的格式。在这三首唐诗中，《望岳》是古风，其他两首是律诗。诗除了分古风和律诗外，还分五言诗和七言诗两种。五字一句的古风叫五言古诗（简称五古），七字一句的古风叫七言古诗（简称七古）；五字一句的律诗叫五言律诗（简称五律），七字一句的律诗叫七言律诗（简称七律）。还有长短句，除五言七言外，也有三言、四言、六言的不等，这叫杂言诗。杂言诗一般是归在古风里，因为古风的字数没有规定，可长可短。律诗的句数和字数都有规定：五律八句四十个字，七律八句五十六个字。《望岳》是古风，但也是八句四十个字，这是偶合。此外还有绝句，它是律诗的一半。如五绝四句二十个字，七绝四句二十八个字。绝句一般属律诗体裁，但有例外。七言绝句的规则和律诗的规则是一样的。

唐诗一定要押韵。什么叫押韵呢？就是韵母相同的字，在不同句子的同样位置上出现，叫做押韵。押韵一般都在句尾，所以又叫韵脚。单句不押韵，双句押韵。《望岳》第二句的"了 liǎo"，第四句的"晓 xiǎo"，第六句的"鸟 niǎo"，第八句的"小 xiǎo"，韵母都是"iǎo"，所以押韵。《春望》也是一样，第二句的"深 shēn"，第四句的"心 xīn"，第六句的"金 jīn"，第八句的"簪 zēn"，韵母都是相近的，只是听起来不够谐和，这是由于古人的读音与现今普通话的读音不大一样，如按古人的读音也就谐和了。现今在广东的东边，福建的西边，江西的南边，有人说一种客家话，这种话还保留着古人的读音。比如客家话的"深"念 qim，"心"念 sim，"金"念 gim，"簪"念 zim，韵母都是"im"，听起来就谐和了。律诗的第一句也可以押韵（特别是七律），如《登柳州城楼寄漳汀封连四州刺史》这首诗，第一句的"荒 huāng"，第二句的"茫 máng"，第四句的"墙 qiáng"，第六句的"肠 cháng"，第八句的"乡 xiāng"，韵母都是"ang"，所以是押韵的。五律也是一样，第一句可以押韵，也可以不押韵。要是第一句押韵的话，一首诗就有五个韵脚了。

律诗还有个特点，就是平仄的格式。要知道什么叫平仄，先要知道汉语的声调。比方说"天"跟"田"是两回事，说"买"跟"卖"的意思正相反，声调的不同，就有这么大的区别。所以欧洲人学汉语是感到困难的。说话的高低不同（指音乐上的高低），长短不同，这也就是声调的不同。唐朝的声调跟现今普通话的声调不同，如果以现今普通话的声调去读唐诗，听起来就不同了。古代汉语中共有四个声调：平声、上声、去声、入声。现代普通话里也有四个声调：阴平、阳平、上声、去声。古代汉语的入声，在现代普通话里是没有的，已分别归并到普通话的四声中去了。入声比较短促，一出声就收住。

这种入声，在广东、广西、福建、江苏、浙江，甚至山西、内蒙古、河北（部分地区）还存在。比如"衣"字，按古代汉语四声念"衣"（平声）、"椅"（上声）、"意"（去声）、"益"（入声）。再如"剥削"，在普通话里都是阴平，在古代汉语里是入声，上海人还保留着古代汉语的入声。怎样才能知道古代汉语的入声呢？办法不太多，最好的办法是查字典，或者是查书，如我写的《诗词格律》（中华书局出版）一书的后面，就附有诗韵举要，其中分别了四声，有空可以看看。

什么叫做平仄？平声仍叫平声，其余三声（上、去、入）叫仄声。仄的意思就是不平。古人作诗，就靠平仄的交替形成一种音乐上的美，也叫做抑扬的美。如果声调毫无变化，那就显得单调不美了。比方唱歌，如果老是一个调子，那就不美了。古人把四个声调分成两类：一类是长调，也叫平调；一类是短调，也叫仄调。这两类声调怎样个交换法呢？律诗的平仄格式常见的有以下四种格式：

（一）五言律诗（仄起式）

⸨仄⸩仄平平仄，平平仄仄平。
⸨平⸩平平仄仄，⸨仄⸩仄仄平平。
⸨仄⸩仄平平仄，平平仄仄平。
⸨平⸩平平仄仄，⸨仄⸩仄仄平平。

（例子：杜甫《春望》）

（二）五言律诗（平起式）

⸨平⸩平平仄仄，⸨仄⸩仄仄平平。
⸨仄⸩仄平平仄，平平仄仄平。
⸨平⸩平平仄仄，⸨仄⸩仄仄平平。
⸨仄⸩仄平平仄，平平仄仄平。

（例子：李白《送友人》）

（三）七言律诗（仄起式）

　　　　　⊗仄平平仄仄平，⊗平⊗仄仄平平。
　　　　　⊗平⊗仄平平仄，⊗仄平平仄仄平。
　　　　　⊗仄⊗平平仄仄，⊗平⊗仄仄平平。
　　　　　⊗平⊗仄平平仄，⊗仄平平仄仄平。

（例子：柳宗元《登柳州城楼寄漳汀封连四州刺史》）

（四）七言律诗（平起式）

　　　　　⊗平⊗仄仄平平，⊗仄平平仄仄平。
　　　　　⊗仄⊗平平仄仄，⊗平⊗仄仄平平。
　　　　　⊗平⊗仄平平仄，⊗仄平平仄仄平。
　　　　　⊗仄⊗平平仄仄，⊗平⊗仄仄平平。

（例子：李商隐《隋宫》）

　　在以上四个例子中，凡是字外加圆圈的都表示可平可仄。平仄是律诗中最重要的因素，我们讲诗的格律，主要就是讲平仄。绝句是律诗的一半，取律诗的一二两联、中间两联或头尾两联都可以，因此绝句的平仄容易懂，就不再讲了。上面说过，双句押韵，单句一般不押韵，如果单句押韵的话，平仄就有点儿变化。如五言律诗（仄起式），第一句是"⊗仄平平仄"，如果要押韵的话，就得把最后的"仄"插入"⊗仄和平平"的中间，成为"⊗仄仄平平"，与第四句一样；七言律诗（仄起式），第一句是"⊗仄平平仄仄平"，这是押韵的，如果不押韵的话，就得把最后的"平"插入"⊗仄和平平仄仄"的中间，成为"⊗仄⊗平平仄仄"，与第五句一样。平仄的格式并不难记，它是每两字成为一组，而且要交换。如头两字是"仄仄"，后两字就是"平平"，再后两字又是"仄仄"。如果是五言律诗，就去掉最后的一个"仄"字，成为"仄仄平平仄"。平仄的变化方法有两种：一是加尾，一是插中。加尾就得加一个相反的字,如"仄仄平平",加"仄"字,成为"仄仄平平仄";插中就得一个相同的字,如"仄仄平平",插"仄"字,成为"仄仄仄平平"。这是由四个字变为五个字。由五个字变七个字,这很好办,只要在五个字的前面加两个字就成了,而且这两个字总是相反的。如五言律诗(仄起式)与七言律诗(平起式)一样,只是七言律诗头上加了两个相反的字。

律诗的平仄有"对"和"黏"的规则。"对",就是单句的平仄与双句的平仄相对,也就是相反的意思。如五言律诗(仄起式)的第一句与第二句,平仄正是相对的。所以说单句的平仄与双句的平仄永远是相反的,这种相反的规则就叫对。不这样,就叫失对。"黏",就是平黏平,仄黏仄;后联出句第二字的平仄要跟前联对句第二字相一致。具体说来,就是第三句跟第二句相黏,第五句跟第四句相黏,第七句跟第六句相黏。黏的意思就是相同。如五言律诗(仄起式),第二三两句都是平平起的,四五两句都是仄仄起的,六七两句又是平平起的,这就叫黏。不这样,就叫失黏。早期的唐诗也有失黏的,后来才严格起来。

对和黏的作用,是使声调多样化。如果不"对",上下两句的平仄就雷同了;如果不"黏",前后两联的平仄又雷同了。

明白了对和黏的道理,可以帮助我们理解和掌握诗的规则;可以帮助我们背诵平仄的歌诀(即格式)。只要知道了第一句的平仄,全篇的平仄都能背诵出来了。

对仗问题。对仗就是对联。古代的仪仗队是两两相对的,这是"对仗"这个术语的来历。

对仗就是把两个字相对,一个字在单句,一个字在双句。对仗的一般规则,是名词对名词,动词对动词,形容词对形容词,数字对数字,颜色对颜色。如《春望》这首诗的第三联,

"烽火"对"家书"（名词对名词），"连"对"抵"（动词对动词），"三"对"万"（数字对数字），"月"对"金"（名词对名词）。

　　对仗还有一个规则，是平对仄，仄对平。这跟平仄相对是一样的，如"风"（平声）对"雨"（仄声）。"风"对"云"就不合式了，因为"风"跟"云"都是平声字。要对的话，也只能在五言律诗的头一个字或七言律诗的头一个或第三个字相对，因为这里是不拘平仄的。作诗要有对仗，如《登柳州城接寄漳汀封连四州刺史》这首诗，第二联第三联对仗。首尾两联可用可不用。《春望》这首诗，一开头就用对仗。最后两句话一般不用，但有时也用，所以律诗比绝句更难作。古风一般不用对仗，但《望岳》这首诗，中间两联用了对仗，平仄也有些合律，而且字数与律诗符合，这样《望岳》也算是古风与律诗之间的诗体了。

宋词三首讲解

讲宋词三首，跟过去讲唐诗三首一样，先念课文，然后一句一句地讲。讲完以后，再讲每段的大意，讲词的艺术技巧，最后总的讲一讲什么是词，什么是词牌，词是怎样写成的，根据什么规则来写。

念奴娇·赤壁怀古　　苏　轼

大江东去，浪淘尽、千古风流人物。
故垒西边，人道是、三国周郎赤壁。
乱石穿空，惊涛拍岸，卷起千堆雪。
江山如画，一时多少豪杰？

遥想公瑾当年，小乔初嫁了，雄姿英发。
羽扇纶巾，谈笑间，强虏灰飞烟灭。
故国神游，多情应笑我，早生华发。
人间如梦，一樽还酹江月。

"念奴娇"是词牌名，"赤壁怀古"是题目。这首词共分两段，下面逐段来讲。

第一段

"大江东去……一时多少豪杰?"

"大江东去"。大江,长江。古人所谓江,一般都指长江。东去,向东流去。

"浪淘尽千古风流人物"。浪淘尽,波浪像淘米似的,把古代一些风流人物都冲走了,也就是说这些风流人物已经成为过去了。风流人物,指古代既有文采,又有功业的人物。

"故垒西边"。故,旧的意思。垒,古代的军营。

"人道是三国周郎赤壁"。人道,据说。周郎,指周瑜。周瑜在吴国被任为建威中郎将(武官名)时,才二十四岁,吴国人尊称他为周郎。赤壁,从字面讲,就是红色的石壁,是三国时周瑜击破曹操数十万大军的地方。据考证,赤壁应在今湖北省嘉鱼县东北,苏轼所游的是黄州的赤壁,在今湖北省黄冈县。

"乱石穿空"。乱石,就是石壁。穿空,形容石壁很高,高到好像冲破天空似的。

"惊涛拍岸"。惊涛,像马惊而狂奔的巨浪。有人解释为惊人的波浪,这种解释不妥当。拍岸,拍打着江岸,好像要冲破江岸的样子。

"卷起千堆雪"。浪花很大,就像雪一样。

"江山如画"。形容江山很美,美得就像图画一样。有人会问:真的江山不是比画的江山更美吗?为什么说"江山如画"呢?这是因为画家们所画的江山是按照最理想的江山来画的,江山如画,这就表示江山美到了极点。

"一时多少豪杰"。一时,一个时代。豪杰,指三国时代的英雄人物,如魏国的曹操,蜀国的诸葛亮、关羽、张飞、赵云,吴国的孙策、孙权、周瑜等都是。为什么只说三国时代的英雄人物呢?因为苏轼当时所游的地方是赤壁,是周瑜大破曹操的地方,所以他只怀念三国时代的英雄人物。

串讲大意

长江向东流去,波浪把千古的风流人物都冲走了。我们看到的旧的军营的西边,据说是三国时代周瑜大破曹操的那个赤壁。这个赤壁,简直是乱石穿空,惊涛拍岸,这种波浪,好像卷起千堆雪似的。江山好像图画一般,令人想起一个时代该有多少的豪杰呵!

这一段,作者写的是古战场的景色。通过这种描写,读者就可以想像出当时打仗的情况。为什么要写"乱石穿空,惊涛拍岸,卷起千堆雪"呢?因为这样一写,就可以想像出当时战斗的激烈,同时也就联想起古代的豪杰,而这些豪杰已经是一个一个地被长江水冲走了,只剩下江山如画了。

第二段

"遥想公瑾当年……一樽还酹江月。"

"遥想公瑾当年"。遥想,远远地想。因为年代相隔很久,所以说遥想。公瑾,周瑜的字。当年,指周瑜大破曹操的时候。

"小乔初嫁了"。小乔,周瑜的妻子。乔公有二女,嫁给孙策的叫大乔,嫁给周瑜的叫小乔。初嫁了,刚跟周瑜结婚,表示周瑜很年轻。

"雄姿英发"。就是奋发有为的意思,说明周瑜年轻的时候就有英雄气概。

"羽扇纶巾"。纶(guān)巾,青丝带做成的头巾(一种帽子)。羽扇纶巾,就像今天戏剧中诸葛亮的打扮。这是三国时代一直到南北朝的一些将军们相当流行的打扮,表示文雅镇静。这里是形容周瑜的镇静。

"谈笑间"。说说笑笑,满不在乎的样子。

"强虏灰飞烟灭"。强虏,强大的敌人。虏,敌人的代称。

把敌人叫做虏（俘虏），是藐视敌人的意思。灰飞烟灭，大破曹操是用火攻的，即火烧赤壁，所以用灰飞烟灭来形容敌人被消灭。

"故国神游"。故国，旧国，指古代的三国。神游，精神之游，即心里幻想出（当时）的情况。

"多情应笑我"。多情，容易触动的感情，说明苏轼怀念古人有丰富的感情。应笑我，说苏轼动感情以后会有人笑他。

"早生华发"。"华"同"花"。华发，花白的头发。这里表示苏轼已老了，跟周瑜比差得很远，自己的理想没有实现。

"人间如梦"。感到自己已经老了，没有做多少事情，好像做梦一样。

"一樽还酹江月"。就是说对着江月浇愁。樽，盛酒器，其作用等于今天的酒壶。酹（lèi），以酒洒地，这是古代的一种祭礼。

串讲大意

我从遥远的年代想起当年的周公瑾，他刚刚跟小乔结婚的时候，他那英雄的姿态，显得多么奋发有为呵！他头戴纶巾，手挥羽扇，在轻松地谈笑间，强大的敌人已经是灰飞烟灭了。今天我来神游故国，我如此多情地凭吊古人，人们就会笑我，我的头发已经这样花白了。人间的生活如梦一般，不如临江对月喝它一个痛快吧！

这一段，作者颂扬周瑜是一个了不起的风流人物。但是作者自己的理想不能够实现，所以只好借酒浇愁。这首词是苏轼在政治上不得志，受到打击以后写的，他自我排遣，心里有很多不平之气，很多感慨没有地方发泄，于是就借怀古来发泄心中不平之气。

苏轼的词以豪放闻名，豪，即雄壮的笔调；放，即不受任何的束缚。为什么说苏轼的词是豪放的呢？因为在苏轼以前，一些词人常常纠缠在谈情说爱里，或者是谈那些悲观失望、感伤主义的东西。从苏轼开始改变了这种风气，影响很大，所以说苏轼的词是豪放的。

艺术技巧

我们说一首词好，一方面要看它的思想内容，一方面要看它的艺术技巧。这首词一开始就写长江，就给人一种雄伟壮丽的感觉。词人从来不说抽象的话。如把"浪淘尽千古风流人物"这句话，说成"几千年以来，一些英雄人物都死完了"，那就很抽象。这里说"长江的波浪像淘米似的把一些英雄豪杰都冲走了"，这就很形象。这种有形象的句子，人们通常叫它有诗意的句子。"乱石穿空，惊涛拍岸"是映衬上句的"赤壁"。把赤壁的形状描写出来，衬托了当时打仗的情况。"卷起千堆雪"又映衬上面的"浪淘尽"。在这首词里，"乱石穿空，惊涛拍岸，卷起千堆雪"三句话是最好的句子。为什么说它好呢？因为没有这三句话，就不能把古战场的雄壮景色描写出来。"乱石穿空，惊涛拍岸"这两句话是一副对联，而且对得很工整，很雄壮。"乱石"对"惊涛"，"穿空"对"拍岸"。再从词性来看，"乱"对"惊"是形容词对形容词；"石"对"涛"是名词对名词；"穿"对"拍"是动词对动词；"空"对"岸"是名词对名词。"卷起千堆雪"的"卷"字用得极好。如果我们写，很可能用"激"字，也可能用"溅"字，但是这两个字都没有"卷"字好，为什么？因为"激"是激动的意思，"溅"是飞溅的意思，不能把波浪最美的形态描写出来，而波浪最美的形态就像卷一张白纸的样子。所以写诗写词的人很讲究用字。

"小乔初嫁了"这句话也好，如果说"周瑜当年还很年轻"，这就不像诗句了。大小二乔都是当时有名的美人，说"小乔初嫁了"，就增加了词的风趣。

"强虏灰飞烟灭"。强虏一作樯橹（樯是船上的桅杆，橹同橹，是桨的一种），表现曹操的战船都给烧光了。这里作强大的敌人都被消灭了。两种解释都好。

"羽扇纶巾"是写人的打扮，跟前面写景"乱石穿空"句有异曲同工之妙。

"故国神游"这句话很好，好在能承上启下。因为上面讲的都是神游故国的事情，人家的事情，下面要讲自己了。

"人间如梦，一樽还酹江月"，这两句话也有优点，如果单说"人间如梦"那就抽象了，所以把长江和明月用来衬托自己愁闷的心情，这就有形象有诗意了。

满江红　　岳　飞

怒发冲冠，凭栏处，潇潇雨歇。
抬望眼，仰天长啸，壮怀激烈。
三十功名尘与土，八千里路云和月。
莫等闲、白了少年头，空悲切。

靖康耻，犹未雪。
臣子恨，何时灭？
驾长车、踏破贺兰山缺。
壮志饥餐胡虏肉，笑谈渴饮匈奴血。
待从头、收拾旧山河，朝天阙。

这首词没有题目，"满江红"是词牌名。词可以不要题目，因为写的内容一看就明白。

第一段

"怒发冲冠……空悲切。"

"怒发冲冠"。这是一种夸大的说法，就是说发怒的时候，头发把帽子都冲掉了。另外有一句成语"令人发指"，意思是说头发竖着把帽子都顶起来了。

"凭栏处"。凭栏，靠着栏杆。

"潇潇雨歇"。潇潇，风雨的声音。雨歇，雨停了，不下了。

"抬望眼"。抬起头来往远处看。

"仰天长啸"。抬起头来大喊一声，或是长叹一声。

"壮怀激烈"。激烈，不能用今天的意思来理解，说是某人说话很激烈。这里要拆开来讲，激是激动的意思，烈是热烈的意思。

"三十功名尘与土"。三十，就是三十岁。功名，就是事业。把功名当尘土一样，也就是说不看重功名。

"八千里路云和月"。八千里路，形容路很远，立志远征打金人。云和月，就是说白天黑夜都得赶路。

"莫等闲"。不要轻易的意思。

"白了少年头"。时间过得很快，头发都白了。

"空悲切"。徒然悲哀的意思，也就是说人老了，想做一番事业也不行了。

串讲大意

我满腔热血，感到怒发冲冠；我靠着栏杆，看着风雨潇潇，以后又停止了。这个时候，我抬起头来远望，同时我还仰天长啸。我雄壮的胸再也压不住了。三十多岁的人了，功名还未立，但是我并不在乎，我感到功名好比尘土一样，都是不足挂怀的。我渴望的是什么东西呢？渴望的是八千里路的远征,我昼夜地赶路,跟白云和明月作伴侣。我们不要让少年头轻易地变白了,到那时悲哀就来不及了。

这一段表现了岳飞急于立功报国的宏愿。

第二段

"靖康耻……朝天阙。"

"靖康耻"。靖康,宋钦宗年号。靖康二年(1127年),金人攻陷汴京(今河南省开封市),把徽宗(钦宗的父亲)和钦宗一齐掳去,岳飞认为这是一种莫大的耻辱。

"犹未雪"。没有能够雪恨,即仇没有报。

"臣子恨"。做臣子的心中之恨。古人常把臣跟子连起来说。

"何时灭"。什么时候才能消灭这个仇恨呵!

"驾长车踏破贺兰山缺"。长车,不是说车长,而是指路长。贺兰山,在今宁夏回族自治区东北。缺,缺口,指隘口。全句说"驾着车子一直冲破贺兰山的隘口"。

"壮志饥餐胡虏肉"。胡虏,指敌人。胡,古代北方的民族,即当时的女真。这句话是夸大的说法,就是说恨敌人恨到极点了。

"笑谈渴饮匈奴血",这句话也是夸大的说法。匈奴,古代北方的一个民族。这里指金人。以上两句实际上是表示跟敌人决一死战。

"待从头收拾旧山河"。待,等待;旧山河,失去的山河。即岳飞所写的四个大字"还我河山"的意思。

"朝天阙",最后回来朝见皇帝报功。阙,皇宫门前两边的楼。天阙,皇帝住的地方。

串讲大意

　　靖康二年的国耻还没有洗雪，臣子的恨什么时候才能够消灭呢？我要乘长车踏破这贺兰山口。肚子饿了，我就吃敌人的肉；口渴了，我就喝敌人的血。我有这个雄心壮志，而且我相信笑谈之间就可以做到。等待我重新收拾旧山河的时候，再回到朝廷报功吧！

　　这一段表现了岳飞对"还我河山"的决心和信心。

　　这首词，可以说是岳飞"精忠报国"的誓言。如果说苏轼的词豪放，而岳飞的词则是雄壮。豪放跟雄壮有所不同，豪放只是摆脱了束缚和某些旧的框框；雄壮却是表现出一种浩然之气，英雄的气概。苏轼的词有感伤的一面，岳飞的词全是积极的，没有任何伤感因素。岳飞表现了一种报国的乐观主义精神。我们说爱国是好的，但是当敌人来了的时候，就有两种爱国的想法：一种是悲观失望，所谓失败主义者，怕亡国而痛哭流涕，不知怎么才能把危亡的局面挽救过来，这种想法，就值不得赞扬了；岳飞是另一种爱国的想法，一点儿不悲观，而是"壮志饥餐胡虏肉，笑谈渴饮匈奴血"，"待从头收拾旧山河"。这种乐观主义精神非常伟大。读了这首词以后，我们可以体会到，只有具有高尚思想的人，才能写出感人的词来。岳飞的诗词留下的很少，可是质量非常高。

艺术技巧

　　"怒发冲冠"和"潇潇雨歇"两句话里，隐含着一个典故。战国时代有一个人，他名叫荆轲，当时燕太子叫他去行刺秦王，他动身前唱了一首歌，歌中有两句话："风萧萧兮易水寒，壮士一去兮不复还。"他唱完这首歌以后，听的人都非常愤慨，愤慨到"发尽上指冠"。荆轲是一个壮士，他敢于一个人去刺秦王,这种英雄气概是很了不起的。岳飞用了这个典故,"怒发冲冠"是就从"发尽上指冠"来的,"潇潇雨歇"就是从"风萧萧兮易水寒"来的。知道这个典故以后,我们就能理解岳飞为什么要这样写了。这样写,一开始就使人感到有一种非常壮烈的气概,岳飞以当时荆轲的豪气,来比自己今天的豪气。

从"怒发冲冠"到"仰天长啸",都是写在家里的情况,他靠着栏杆看下雨,按理说这是一种很惬意的生活,可是他却按捺不住心头之恨而怒发冲冠。再从"仰天长啸"一句里,就可以看出岳飞精忠报国之心了。

"三十功名尘与土,八千里路云和月",这里表明岳飞高尚的人生观。他对功名不在乎,在乎的是八千里路远征打敌人。这两句话把他爱的是什么,恨的是什么,想要的是什么,看不起的是什么,说得很清楚。他不说"不在乎",而说"尘与土";他不说"走很远的路去打敌人",而说"八千里路云和月"。这样说很形象,很有诗意。

"莫等闲白了少年头,空悲切",这两句话很好懂,可是作用很大,有力地结束了前面说的壮烈胸怀,所以才说不要等到白了少年头,那时悲哀也就来不及了。

第二段开始写具体事实。第一段里不写,只是把自己的心情写了,把报国之念隐含在里面不明说,留到第二段的开始来说。

"靖康耻,犹未雪。臣子恨,何时灭"这几句话,简单地把作这首词的中心思想点明白。为什么要作这首词呢?就是为了这个。这几句话很抽象,但是过渡得很好,下面"驾长车踏破贺兰山缺"就具体化了。

"贺长车踏破贺兰山缺"跟下句的"壮志饥餐胡虏肉,笑谈渴饮匈奴血"都是夸张的写法,实际上并不会真是这样子。"饥餐胡虏肉","渴饮匈奴血"也是典故,在《左传》

里就有"食肉寝皮"的说法。岳飞用了这句话，无非是表示他对凶残的敌人的无比愤恨。

"待从头收拾旧山河，朝天阙"，表示胜利的信心，以此作收。这里岳飞不说"我一定胜利"，如果这样说就太抽象了，所以还是说山跟河，显得有诗意。

南乡子·登京口北固亭有怀　　辛弃疾

何处望神州？
满眼风光北固楼。
千古兴亡多少事，悠悠，
不尽长江滚滚流！

年少万兜鍪，
坐断东南战未休。
天下英雄谁敌手？曹刘。
生子当如孙仲谋！

"南乡子"是词牌名。"登京口北固亭有怀"是题目。京口，今江苏省镇江市。北固亭即北固楼，在北固山上。有怀，有所怀念。这首词怀念的是孙权，跟苏轼怀念周瑜差不多。

第一段

"何处望神州？……不尽长江滚滚流！"

"何处望神州"。神州，战国时驺衍称中国为赤县神州，后来也称中原为神州。东晋时王导说："当共戮力王室，克复神州。"这里指的是尚待克复的神州。南宋与东晋都因外族入侵，迁都江南，情况是类似的。古人有一种说法，认为全世界有九个大州，神州就是其中的一个。这里的神州指中原。

原来宋朝的都城在今河南开封，后因金人入侵，宋朝失败，迁都临安（今浙江省杭州市）。这句话是说，在什么地方可以看到中原呢？

"满眼风光北固楼"。在北固楼上，满眼看到的都是美好的风光，但是中原还是看不到。

"千古兴亡多少事？悠悠"。从古到今，有多少国家兴起了，又有多少国家灭亡了。悠悠，时间很长，数不清了。

"不尽长江滚滚流"。长江的水呵！永远流不完，而兴亡之事，也永远是这样。

串讲大意

什么地方可以看见中原呢？在北固楼上，满眼都是美好的风光，但是中原还是看不见。从古到今，有多少国家兴亡大事呢？不知道，年代太长了。只有长江的水滚滚东流，永远也流不尽。我们今天所能看到的就是长江，多少兴亡事情已经过去了。

第二段

"年少万兜鍪。……生子当如孙仲谋！"

"年少万兜鍪"。年少，少年时代，指孙权十九岁就统治吴国。兜鍪（dōu móu），即头盔。万兜鍪，即一万个头盔，也可以说一万个士兵，形容多的意思。全句是说孙权在年轻的时候就做了元帅，统治着三军了。

"坐断东南战未休"。坐断，就是据有、占有的意思，不能拆开来讲。战未休，是说打仗没有个完。三国时，吴国的君主孙权，他占有整个东南地区，一边可以对曹操打仗，一边可以对刘备打仗。

"天下英雄谁敌手？曹刘"。天下英雄，谁是孙权的敌手呢？只有曹操和刘备。三国时有袁绍、袁术、刘表、刘焉、公孙瓒、陶谦等诸侯，后来逐渐被消灭了，只剩下孙权、曹操和刘备三个。这里是说孙权的本领大，他能独霸一方。

　　"生子当如孙仲谋"。这句话是曹操说的。当时曹操说孙权的军队严整，士气旺盛，他就感到孙权是了不起的人，于是感慨地说，一个人生儿子，要生像孙权那样的才好。曹操为什么要说这句话呢？原因有二：一是曹操年纪大，孙权年纪小，按岁数看，孙权可以是曹操的儿子；一是因为其他诸侯都失败了。如刘表，字景升，为荆州牧，封为武侯，被曹操所灭。所以曹操就说，生儿子要像孙权那样，有雄才大略，能独霸江南，不要像刘景升的儿子那样，等刘景升死了以后，荆州（今湖北省襄阳）就守不住了，这等于养个猪，养个狗。曹操这人很可爱，凡是能跟他作敌手的人，他是很尊敬的。辛弃疾借用这句话作收全词。

串讲大意

　　当年孙权在青年时代，做了三军的统帅，他能独霸东南，坚持抗战，没有向敌人低头和屈服过。天下英雄谁是孙权的敌手呢？只有曹操和刘备而已。这样也就难怪曹操说："生子当如孙仲谋。"

　　这首词跟前两首词不同。前两首词的意思比较明显，这首词的意思不那么明显，需要我们去揣摩。苏轼和辛弃疾齐名，都被称为豪放派。辛弃疾写这首词的用意在哪儿呢？就是为了讽刺当时的朝廷，所以他说话不那么直率。他讽刺当时南宋朝廷无能，不但不能光复神州，连江南也快要保不住了。苏轼和辛弃疾的词都是怀古，所怀念的都是三国时代吴国的英雄，在这方面是一样的，但是表现的思想不一样。苏轼生于北宋时代，国家还不那么衰弱，他只是政治上不得志而已，所以他羡慕早年得志的周瑜，同时表现出一种愁闷的心情。辛弃疾生于南宋时代，国家已经只能偏安在江南，所以他借古喻今，颂扬孙权。他说孙权的好，也就是说朝廷的坏，无力抵抗敌人。因此，苏轼的词不是讽刺，而辛弃疾的词全是讽刺。再拿岳飞的词跟辛弃疾的词来比，岳飞的词是爱国思想的表现，很清楚。辛弃疾的词也是爱国思想的表现，但是两者表现不相同。岳飞很直率地说出杀敌报国的决心和勇气，辛弃疾只是委婉地暗示他对于朝廷的不满，所以说表现不同。

艺术技巧

"何处望神州？满眼风光北固楼"，这两句是倒装句法，即前一句可以移到后面去说，后一句可以移到前面去说，成为："满眼风光北固楼，何处望神州？"为什么不这样说呢？这就跟词牌有关系，因为这种词牌规定头一句只能五个字，第二句七个字，所以只能倒过来说。

"千古兴亡多少事？悠悠"，这是问答句，先问后答。这两句跟下面"天下英雄谁敌手？曹刘"两句一样。

"不尽长江滚滚流"，这句话很好，在说千古兴亡事总在那里变化着，而只有长江滚滚流，永远不变。另外，这句话是杜甫《登高》诗中的，诗中说："无边落木萧萧下，不尽长江滚滚流。"辛弃疾用了现成的句子摆在这里，很合适。所以我们多读古诗有好处。"千古兴亡多少事？悠悠"是问答句，"不尽长江滚滚流"是人家的话；这跟下面"天下英雄谁敌手？曹刘"是问答句，"生子当如孙仲谋"又是人家的话对衬起来了，对得很好。

"天下英雄谁敌手"也隐含着一个典故。据《三国志·先主传》载，曹操曾经对刘备说："天下英雄，惟使君与操耳！"（使君，指刘备。）这里辛弃疾运用原话，再加上孙权，成为三人。

"年少万兜鍪"，这句话为什么不说一万个士兵，而说万兜鍪呢？这就是以物代人，因为士兵的特征，除了战甲以外，头盔也是特征之一，所以拿头盔当士兵。这样写非常形象。

"生子当如孙仲谋"，这句话隐含着很深的意思，就是说今天的朝廷不如当时的东吴，今天的皇帝（指宋高宗、孝宗等）不如孙权。为什么不直说呢？因为直说了就有生命危险。我们这样去体会，就知道辛弃疾写这首词的真正用意了。他对当时朝廷的不满也就体现了他的爱国主义精神。他的好些词，都是怀着这种心情写的。他有像岳飞那样的"还我河山"的志愿，但是达不到。

以上把三首词讲完了，下面来讲什么是词，什么是词牌等问题。

一、诗跟词的区别

诗跟词有四方面的区别：

1.词是由民间文学来的，它本来是配音乐的，跟现在用乐器伴奏唱歌一样。诗最早也是配音乐的，如《诗经》就是如此。后来诗不再配音乐了。词原来是配音乐的，像唐朝的一些词就是歌词，后来文人写词也不作配音乐用了。到了不配音乐的时候，词跟诗没有什么差别，词也可以说是诗的一种，所以有人把词叫做"诗余"。

2.诗的句子，字数是一定和一致的。如五言诗，五字一句；七言诗，七字一句。词的字数不一定，也不一致。如《南乡子》这首词，有五字一句的，有七字一句的。有些词，从一字一句到十一个字一句的都有。由于词的每句字数不一定，有人就给词起了个别名,叫"长短句"。

3.诗的格式只有极少数的几种,如古体诗、今体诗。今体诗里有律诗(五言律诗,七言律诗)、绝句(五言绝句,七言绝句),数来数去也不过这几种。可是词的格式很多,有一千多种,因此词的变化很大。但是在一种里面还是有一定的格式,在这一种格式里字数是一定的。凭什么来决定呢?就凭词牌来决定。词牌就等于一个调的名称,一种格式的标志。

4.词里用的口语比诗里多得多。可以这样说,诗里用的口语比散文多,词里用的口语又比诗里多,后来有一种体裁叫做曲,曲里用的口语又比词里多,所以越来越白话化了。词有人写得很文,但不管怎么文,总免不了有些白的地方。如苏轼的《念奴娇》一词里,"人道是","小乔初嫁了"的"了"字,岳飞《满江红》里的"从头收拾","莫等闲白了少年头"的"了"字都是白话,再如辛弃疾的《南乡子》一词里,"坐断"就是宋朝时代的白话。所以说词里用的口语是比较多的。

二、什么是词牌?

词牌都有来历。如《念奴娇》,大概在很早的时候就是一个歌曲的名称。"念奴"是一个人的名字,唐代有个很有名的歌女叫念奴,大概有首歌就叫念奴娇。又如《南乡子》,可能最初也是一个歌曲的名称。"南乡"就是南国,或是南方,歌咏这个地方。《满江红》也可能是个题目,大概是说晚霞把江都照红了。因此可以说,原来很多词牌都是题目,只是后来有人模仿这些格式写词。如《念奴娇》有一百个字,有人就模仿它的字数、韵数、平仄和格式来写另外一首词,这种做法就叫做填词。为什么叫填词呢?因为是照格式填写的,字换了,但格式没变。填词的时候,不再依原词的题意,于是题目变成了词牌了。《念奴娇》这首词很有名，有人按这首词的词牌来填写。由于这首词只有一百字，有人就叫"百字令"，又由于苏轼的这首词头一句话是"大江东去"，有人又改词牌叫"大江东去"；这首词最后一句话里说"酹江月"，有人又把词牌叫做"酹江月"。不管叫什么，实际上都是《念奴娇》的格式。所以填词以后，词牌就跟题目分离了。但是也有的词的题目跟词牌统一起来，如黄庭坚有一首《画堂春》，它的词牌就跟题目一致，这种统一起来的就叫本意。本意的词是很少的，多数的词是题目跟词牌不发生关系，词牌只管格式。词牌跟题目分离以后，有些词人在写完词以后才标题，如苏轼的《念奴娇》，他就标个题目"赤壁怀古"。但也有不标题的，如岳飞的《满江红》就没有标题目，让读者自己去体会词的中心思想。所以有些词只有词牌没有题目，有些词既有词牌也有题目。

词的字数是根据词牌来规定的。如《念奴娇》是一百字，《满江红》是九十三字，《南乡子》是五十六字，都是有规定的。但是某个词牌也可以有几种格式，如《满江红》有九十三字的，有八十九字的，有九十一字的，有九十七字的等等。虽有这么多种格式，但有些是常见的，有些是少见的，现在我们填写《满江红》，一般都是填九十三个字的，即是按岳飞的来填。

词有单调和双调之分。所谓双调，就是分为两大段，今天讲的三首词都是双调。这两大段的字数常常是相等或大致相等的，平仄也是大致相等，好像现在一个歌谱可以谱两个歌一样。单调只有一段，这样的词也不少，三段、四段的词也有，那就很少了，一般只有单调双调两类。

词的韵数也是由词牌来规定的，什么地方押韵，什么地方不押韵，由词牌来规定。词跟诗一样，总是要押韵的，不过词人用韵有时比较宽一些，有时比较严一些。宽一些的韵就不那么协调，严的就协调一些，但不管宽也好，严也好都得用韵。有人问，为什么《念奴娇》这首词没有押韵，这是一个误会，其实这首词是押韵的，不过押得宽一些。是入声韵，北方没有入声，所以不大体会得出来。这首词的"物、壁、雪、杰、发、灭、发、月"等字，如果用上海话念起来就是押韵的字。哪首词用平声韵，用仄声韵，用入声韵，也大致有个习惯。如《念奴娇》、《满江红》一般用入声韵，《南乡子》一般用平声韵。

　　诗跟词都有平仄的规定。词的平仄也是固定下来的。如苏轼的词里说"乱石穿空，惊涛拍岸"这两句话，能不能对换呢？不能。因为必须先写"乱石穿空"（仄仄平平），后写"惊涛拍岸"（平平仄仄），如果换了，平仄就不合。再如岳飞的词里说"壮志饥餐胡虏肉，笑谈渴饮匈奴血"这两句里的"胡虏"和"匈奴"都指敌人，能不能对换一下呢？不能。因为第一句的第六个字必须是仄声字，第二句的第六个字必须是平声字，所以不能调换。就以"笑谈"两字来说也不能对换，因为第二字要求是平声字。还有辛弃疾的词里说"千古兴亡多少事"这一句，实际的意思是"千古多少兴亡事"，为什么不这样说呢？就是由于平仄的限制，这句的平仄要求是：仄仄平平平仄仄，所以"兴亡"跟"多少"必须对调。

出版后记

古典诗词之美在于语言美、意境美和形式美，而使得诗词区别于其他文体的最独特的就是它的形式美。

古典诗词的形式美一般指通过一些既定的规则来使诗词达到齐整和谐、抑扬回环的音乐感，对此用力最深者当推语言学大师王力先生。先生当年在西南联大任教时曾开《诗法》一课，就是从语言学的角度，谈诗词的形式美。后来他将《诗法》讲义整理并补充，写成了《汉语诗律学》一书。此书为诗律学领域的奠基著作，并且其深度和广度，至今仍无出其右者。

王力先生曾说："像我们这些研究语言学的人，雕起龙来，总是差不多与世绝缘的。有时一念红尘，不免想要和一般读者亲近亲近。因此，除了写一两本天书之外，不免写几句人话。"如果说《汉语诗律学》会因它的艰深严谨而"与世绝缘"，那么他后来根据《汉语诗律学》这部"天书"所写的一系列讲解诗律的"小书"就是想"和一般读者亲近亲近"的普及之作。

这系列"小书"包括我们这次收入本书中的《诗词格律概要》和《诗词格律十讲》。此前出版《诗词格律概要》（增订版）自2006年12月问世以来，数次重刷，足见读者对它的喜爱。这次再版除保留原有结构外，我们将《诗词格律十讲》也收入其中，目的是为了方便读者，因为之前该书最新版本的出版也是在数年以前，已较不容易购得。

虽然同讲诗词格律，但相较于《诗词格律概要》，《诗词格律十讲》是一部更为简明扼要的基础之作。书中简单讲解了诗韵和平仄；诗的种类、平仄格式及其变格规则；对仗的一些注意事项，还介绍一些常见的词牌和词谱以及不同词句的平仄格式。最后附上了当年《诗词格律十讲》在《北京日报》初次连载发表之后，作者和读者的一些交流情况，其中的问题也许是初学格律的人都会有的困惑。

而《诗词格律概要》除了对上述问题有更完整的论述之外，在讲解平仄、对仗等问题之前，还较为详细地讲解了诗歌如何用韵的问题，如列举了平水韵106韵的韵目，古今体诗用韵的不同要求，并具体解释了一些用韵的术语，如出韵、换韵、柏梁体等。

由于音韵学较为艰深难懂，初学诗词格律的人可以先研读《诗词格律十讲》，这样可以对诗词的格律有一个大概了解之后，再系统地学习《诗词格律概要》，诗韵部分可通过一些基础性的音韵学教材并结合自己的方言来掌握。这样也许能收到较好的学习效果。

《诗律余论》本为一篇论文，其中所谈都是对以上两本书言之未尽处作了解释和说明，主要是对前人的研究成果的一些概述，是对上述两书进一步的补充。《唐诗三首讲解》和《宋词三首讲解》可以作为我们具体鉴赏古典诗词的典范。

有兴趣涉猎古典诗词的读者若以此作为入门路径，一定可以恣意地徜徉于中国古典诗词美的悠扬韵味中，并深切感受它为我们带来的历久弥新的感动！

本书自2008年问世以来，深受读者喜爱和好评，加印数次。我们这次特地综合众多读者的意见,在很多细节上作了调整,精益求精,以期带来更好的阅读体验。

服务热线:133-6631-2326　139-1140-1220

服务信箱:reader@hinabook.com

后浪出版咨询(北京)有限责任公司
2013年8月

图书在版编目（CIP）数据

诗词格律概要 诗词格律十讲 / 王力著. -- 北京：北京联合出版公司，2013.8（2023.3重印）

ISBN 978-7-5502-1850-5

Ⅰ. ①诗… Ⅱ. ①王… Ⅲ. ①诗词格律—基本知识—中国 Ⅳ. ①I207.21

中国版本图书馆CIP数据核字（2013）第193316号

诗词格律概要 诗词格律十讲（校订重排第3版）

著　　者：王　力
选题策划：后浪出版公司
出 品 人：赵红仕
出版统筹：吴兴元
特约编辑：王华伟　关静潇
责任编辑：刘　凯
封面设计：周伟伟
版面设计：王雨薇
营销推广：ONEBOOK
装帧制造：墨白空间

北京联合出版公司出版
（北京市西城区德外大街83号楼9层　100088）
嘉业印刷（天津）有限公司印刷　新华书店经销
字数205千字　889毫米×1194毫米　1/32　8.5印张
2013年9月第1版　2023年3月第12次印刷
ISBN 978-7-5502-1850-5
定价：29.80元

后浪出版咨询(北京)有限责任公司　版权所有，侵权必究
投诉信箱：copyright@hinabook.com　fawu@hinabook.com
未经许可，不得以任何方式复制或者抄袭本书部分或全部内容
本书若有印、装质量问题，请与本公司联系调换，电话010-64072833